저자 **류화선** 柳和善

1948년 경기 파주 출생
심학초등학교 졸업
양정중 · 고등학교 졸업
학교 문리과 대학 사회학과 졸업
서강대학교 경영대학원 졸업
건국대학교 명예 행정학 박사

육군 중위 전역(ROTC 10기)
삼성그룹 이병철 회장 비서실 과장
삼성전자 마케팅부장 · 전략기획부장
한국경제TV 대표이사 사장
제4-5대 민선 파주시장
대통령 직속 국가균형발전위 위원
그랜드코리아레저 대표이사 사장
경인여자대학교 총장

블로그 http://blog.naver.com/ryoohwasun
트위터 https://twitter.com/RyooHwaSun
페이스북 https://www.facebook.com/ryoohwasun
카카오스토리 https://story.kakao.com/ch/ryoohwasun

별책 부록 : 조선일보 기고 류화선 에세이 3편
본문 캘리그라피는 서예가 소엽 신정균 님의 작품입니다.
일러스트는 경인여대 아동미술과 김보람, 최하선, 신자영 학생이 그렸습니다.
내용 중 일부는 SNS에서 통용되는 언어나 조어를 그대로 사용하였습니다.
표준어의 오자가 아님을 밝혀둡니다.

브런치 레터

국립중앙도서관 출판예정도서목록(CIP)

브런치레터 : 정직한 바보 류화선의 삶과 생각 / 지은이: 류
화선. -- 서울 : 토담미디어, 2015
    p. ;   cm

ISBN 979-11-86129-46-3 03810 : ₩15000

수기[글][手記]

818-KDC6
895.785-DDC23   CIP2015034024

브런치레터

류화선 지음

정직한 바보 류화선의 삶과 생각

토담미디어

서문

날이 가고 달이 가고 해가 바뀌는 건 책장을 넘기는 것과 같습니다. 때로는 소통과 공감에 기뻐하고 때로는 소통의 부재와 부딪히며 직선과 곡선의 조합인 희로애락의 포물선이 그려진 인생지침서가 만들어지기 때문입니다.

올해도 수많은 사람들과 수많은 말들과 수많은 글들과 인연을 맺었습니다. 하루 스물네 시간 중, 보통의 사람들이 여섯 시간 정도 잠을 잔다면 일상의 열일곱 시간이상은 눈을 뜨고 지내는 시간입니다. 스마트 세상, 스마트폰 세상, SNS 세상입니다. 자의든 타의든 눈에 들어오는 영상과 활자 매체로부터 무감각하거나 불감할 수 없다는 반증이기도 합니다.

더욱이 실시간으로 공유하고 소통할 수 있다는 점에서 페이스북과 트위터, 블로그는 사교적인 매개체역할을 톡톡히 해줍니다. 2011년부터 5년간 스마트폰을 이용해 매일매일 일기를 쓰고 있습니다. 영화 본 이야기, 학교와 학생들 이야기, 눈이 오면 눈 이야기, 손녀 이야기, 마당 가꾸는 이야기, 개 이야기 등등. 남과 다르지 않은 소소한 일상을 여러 사람들과 공유하고 공감하는 즐거움으로 하루를 반성하고, 또 피로도 풀 수 있어서 참 좋습니다. SNS는 나의 일기장이며, 내 작은 역사책입니다.

잘 갖춘 글은 아니지만, 내 인생의 나태함을 지적하는 적절한 결핍과 긴장이 중요하다는 생각으로 미완의 책을 엮습니다. 보다 많은 분들과 교통하기를 소망합니다.

2015년 12월 담박원에서

류 화 선

첫 번째 이야기_류화선의 공감소통

브런치 레터

두 번째 이야기_류화선의 개똥철학

담배키스

세 번째 이야기_류화선의 파주사랑

노루를 기다리며

네 번째 이야기_류화선의 세상읽기
고~뤠?

다섯 번째 이야기_류화선의 광적규율
나비여행

브런치 레터

을미년 새해인사

양의 해가 밝았습니다.

양은 함께 해야 아름답습니다.

뿔이 있으되 공격하지 않습니다.

다 주고도 겸손해합니다.

하지만 양떼구름은 높습니다.

구절양장은 깊은 산도 넘습니다.

양의 지혜로 행복한 을미년이기를 기원합니다.

2015년 양의 해를 맞아 '브런치 레터'라는 이름으로 사회와 소통하려 합니다. 서두르지 않는 아침, 조급하지 않는 아침, 한 접시의 싱싱함과 한 잔 가득 향기로운 브런치 레터로요~^^

행복

아침이면 태양을 볼 수 있고, 저녁이면 별을 볼 수 있는 나는 행복합니다. 잠이 들면 다음 날 아침 깨어날 수 있는 나는 행복합니다. 꽃이랑 보고 싶은 사람을 볼 수 있는 눈, 아기의 옹알거림과 자연의 모든 소리를 들을 수 있는 귀, 사랑한다는 말을 할 수 있는 입, 기쁨과 슬픔과 사랑을 느낄 수 있고 남의 아픔을 같이 아파해 줄 수 있는 가슴을 가진 나는 행복합니다.

김수환 추기경님이 말한 행복이
바로 나의 행복임을 깨닫는 아침입니다.

봄 전령

아내와 함께 눈 덮인 심학산 둘레길을 걷습니다.
양지쪽 조금을 빼고는 대부분 눈길입니다.
아이젠을 착용해서인지 미끄럽지는 않습니다.
아이젠 무게만큼 모래주머니를 단 느낌입니다.
발밑에서는 뽀드득 뽀드득 소리가 들립니다.
눈 쌓인 산속의 찬 공기는 청량 그대로입니다.
멀리 보이는 한강의 성엣장이 힘없어 보입니다.
성엣장 혼자 봄 전령 노릇을 하기엔 버거운가 봅니다.

아부지

"아부지~~!"

'아빠'는 흔하고, '아버지'는 드물고, '아부지'는 없습니다. 그 차이점조차 아이들은 모릅니다. 우리 시대의 아부지들은 이제 뒷방 늙은이로 물러났습니다. 좋게 말해 레전드가 된 셈이죠.

'괜찮다' 웃어 보이고 '다행이다' 눈물 훔치던 아부지. 아빠가 아니라 아부지라고 부를 수 있는 그 끈끈함과 가슴으로 통하는 찡한 부성애가 그립습니다.

잘 계시죠? 아부지~!

총무님

총무님~

송년 모임, 신년 모임. 연말연시는 모임이 참 많은 때죠.

어떤 모임에나 연락 돌리고, 예약하고, 회비 받고 귀찮고 성가신 일 도맡아 뒤치다꺼리 하는 분, 봉사자 총무님~^^ 살림꾼 총무님~^^

당신들 덕분에 그리운 얼굴 봅니다. 맛있는 음식 먹습니다. 이야기꽃도 피웁니다. 세상이 아름다워집니다. 그래서 '총무님 캐릭터'가 더 필요한 세상인지 모르겠습니다. 이 땅의 모든 총무님들께 축복을 드립니다.

미고사~!

미안합니다~ 고맙습니다~ 사랑합니다~ 총무님!

진짜 인동초

'투명한 집'을 영어로 번역하면? 비닐하우스! ㅋ~.

지난 가을에 겨울시금치 씨를 뿌리고 난 다음 비닐로 덮어 놨습니다. 말이 비닐하우스지 서툴고 알량한 솜씨인지라 바람에 날리고 찢긴 비닐우산을 씌워 논거나 진배없었죠.

겨울을 이긴 시금치를 솎아 무쳐 먹었습니다. 향은 고향이요 맛은 꿀맛이니 이것이 진짜 인동초가 아니고 뭐시더냐? 겨울 채마밭 부치는 재미도 쏠쏠하구만요~

삼짓날

삼겹살 데이. 세간에선 그렇게 부릅니다. 근데 오늘은 양력 '삼월 삼짓날'
이죠. 우리 조상들은 양의 수인 홀수가 두 번 겹치는 날을 기념해 왔습니다. 그
중에서도 3을 완벽의 수로 여겼죠.

예컨대 고구려의 삼족오, 삼세번, 삼국, 만세삼창, 솥다리(삼정) 등등. 삼짓
날은 물론 음력으로 지키는 게 맞습니다. 하지만 온난화 영향도 있고 하니 이젠
양력도 괜찮지 않을까요? 언제부턴가 그림으로 볼 수밖에 없는 강남 간 제비나
진달래 화전이 아쉽기는 하지만 말이죠.

진눈깨비 내리는 날, 제가 좀 미쳤나 봅니다. ㅎㅎ

봄봄봄… 아침부터 봄타령을 하고 있으니까요~^^

식목일

며칠 전 '식목일을 앞당기자'는 내용의 칼럼을 신문에서 봤습니다. 나는 파주시장 재임 시절 파주시 식목일을 '춘분일'로 선언하고, 3월 21일에 실제로 식목행사를 했습니다. 지구 온난화 영향도 있고요, 식물 생장의 과학적 분석 결과를 보면 4월 5일이면 너무 늦기 때문이죠.

식물은 꽃망울이 터지기 전에, 싹이 돋아나기 전에, 잎사귀가 나오기 전에 심어야 활착이 잘 되고 생존력도 좋다고 하거든요. 그래서인지 그때 심은 나무들이 지금 잘 자라고 있음은 물론입니다.

담박원

　내가 가꾸고 있는 담박원淡泊園은 화려하게 치장하고 말끔히 꾸민 그런 정원이 아닙니다. 돈이나 권력 명예를 탐하지 않고 풀과 꽃과 나무와 어울려 대화하는 정원입니다. 사람과 자연과 생명의 의미를 새삼 깨닫고 느끼게 만드는 정원입니다. 헤르만 헤세가 인생 후반기에 일하고 쉬고 관찰하고 사색했던 그런 정원을 동경합니다.

쪼꼬레뜨 기브 미

발렌타인데이입니다. 낼이 토욜이니까 오늘 초콜릿을 주고 받는 분이 많으시겠죠? 초콜릿엔 도파민을 촉진시키는 물질이 있다고 합니다. 사랑의 감정을 일으키는 호르몬 말입니다. 겨우내 얼었던 마음을 녹이고 후리지아처럼 사랑의 향기를 발산한다면 그게 초콜릿이고 그날이 발렌타인데이겠죠. 남는 거 좀 있으시죠? 쪼꼬레뜨 기브 미~^^

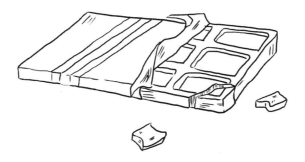

화무십일홍

"사람의 혼을 빼놓을 정도로 아름답다."

조선 세종 때 강희안이 지은 원예서 양화소록養花小錄에는 이렇게 쓰여 있습니다. 예부터 선비들이 개인의 영달이나 처자식 때문에 신념을 굽히게 될지도 모를 자신을 경계하느라 뜰 안에 심었다는 '청렴의 나무'입니다.

우리집 담박원 현관 앞에 심어둔 목백일홍(일명 배롱나무)이 활짝 피었습니다. 봄이 다 지나가도록 새 잎이 나지 않아 동사한 줄만 알았던 녀석이 뒤늦게 붉은 색을 한껏 뽐내고 있습니다.

"그래, 너는 화무십일홍花無十日紅을 비웃는 백일홍百日紅. 여름 내내 적어도 9월까지 네 아름다움을 만끽할 테니, 참 고맙구나.^^"

진달래꽃

진달래꽃이 지천입니다. 진달래꽃은 두견화 또는 참꽃이라고도 합니다. 참꽃 참두릅 참깨 참새 참나무 등 '참' 자가 붙은 것들의 공통점을 아시나요? 조상들은 먹을 수 있는 것엔 '참' 자를 붙였습니다.

참 대신 '개' 자를 붙인 것은 먹을 수가 없죠. 예를 들면 개복숭아 개두릅 개나리 같은 게 있습니다. 조상들이 먹는 것을 그만큼 중요시했다는 이야기입니다. 그렇다면 경제를 살리는 정치는? 먹는 문젤 해결하는 거니까 참정치죠. 그러지 못하면 물론 개~정치?

오늘 아침엔 뒷동산에 올라가 진달래꽃이나 한 움큼 뜯으렵니다. 점심에 화전을 부쳐 먹으려구여. 참남편, 참부모가 되고 싶거든여. ㅋ

육감

시각은 파릇파릇 새싹에서 옵니다.
청각은 재잘재잘 새소리로 압니다.
후각은 간질간질 꽃향기를 맡고요.
미각은 새콤달콤 봄나물을 먹어요.
촉각은 살랑살랑 봄바람을 느껴요.
정감은 은근살짝 마음속에 있지요.
감각의 계절 봄날 월요일 아침 출근길에서
오감伍感에 하나를 더해 가슴으로
육감六感을 느껴봅니다

자연과의 대화

일요일입니다. 3년 전 이맘 땐, 새벽에 일어나자마자 골프장으로 달려갔습니다. 그러나 요즘은 호미 들고, 낫 들고 우리 집 담박원에 엎드려 있습니다. 기르는 즐거움이 골프의 재미를 압도하기 때문입니다. 씨를 뿌리고 뿌리를 옮겨 새싹을 틔우는 건 생명의 신비를 체험케 합니다. 어느 새 꽃이 피고 열매를 맺는 걸 보니 기쁨이고 환희이고 희열입니다.

골프장에서의 짓거리가 사람과의 만남과 대화였다면, 담박원에서의 짓거리는 자연과의 만남과 대화입니다. 오늘 새벽에는 대추나무와 모감주나무, 그 사이에 빨갛게 타오르는 칸나와의 대화가 즐거움을 선사합니다.

이랑과 고랑

"이랑이 있으면 고랑이 있는 법이란다."

초등학교 2학년 때 쯤의 일입니다. "고랑에 있는 풀까지 굳이 뽑아야 하느냐"고 투덜대던 내게 어머니께서 하신 말씀입니다. 솔직히 말해 그땐 그게 무슨 뜻인지 몰랐습니다. 이순이 넘어 조그마한 텃밭 몇 평 부쳐 먹으면서 이제야 알 것 같습니다.

작물을 잘 기르려면 물 빠짐, 바람소통이 잘 돼야 하고, 풋고추 몇 개 상추 몇 잎 따려고 드나드는 데도 고랑이 필요하니 말입니다. '이랑이 고랑되고 고랑이 이랑된다'는 속담까지 떠 올리고 보니 선조들의 지혜에 머리가 절로 숙여집니다.

셀카봉

스마트폰이 매달린 긴 막대기가 요즘 자주 눈에 띕니다. 이름하여 신상 셀카봉. 앞으로 길게 내밀면 단체사진도 셀프로 찰칵. 살짝 위로 얼짱 각도 유지하는 게 포인트! 얼짱 각도? 얼굴이 갸름하게 보이는 각도랍니다. ㅋㅋ.

내가 쓰는 기다란 건 효자손뿐인데 말입니다. 하이힐, 신발정리 집게, 구두주걱, 속눈썹, 네일아트한 손톱에 셀카봉까지…. 세상서 사랑받으려면 길고 볼 일인가 봅니다. 첨단을 누리는 젊은 친구들한테 많이 배우느라 정신없이 바쁩니다요~ ㅠㅠ

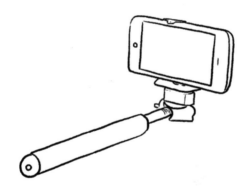

호감 경제학

하늘에 '빵꾸'가 난 덕분에 오랜 만에 책 두 권을 뗐습니다. 한 권은 야신이라는 별명을 가진 김성근 감독이 쓴 『리더는 사람을 버리지 않는다』. 이 책에서 김 감독은 사람 보는 방법을 3단계로 구분한다고 말합니다.

첫째는 그냥 보는 견見의 단계, 둘째는 자세히 보는 관觀의 단계, 셋째는 환자를 진찰하듯 깊은 곳까지 간파해 보는 진診의 단계. 그런데 診에는 원래 '점을 치다'는 뜻이 포함돼 있어 치열한 관심과 전문가적 식견이 필요하다는 게 그의 주장입니다.

또 다른 책 로히트 바르가바의 『호감이 전략을 이긴다』에서는 의료사고 소송에 관한 두 가지의 연구가 흥미를 끕니다. "환자가 병원을 소송하게 되는 것은 의료피해 뿐만 아니라 사고 후 의사들의 냉담한 반응 때문"(런던 세인트 메리병원 조사)이며 "잘 웃고, 환자의 말을 경청하는 의사일수록 의료소송 발생률이 낮다"(토론토대학 웬디 레빈슨 박사 조사)는 것입니다. 두 권의 책을 덮고 난 뒤, 내 머리엔 의사건 리더건 診을 하는 사람들은 호감 경제학 공부부터 하는 게 좋겠다는 생각이 자리를 잡아 가고 있습니다.

너구리 한 마리가

너구리. 익숙한 이름의 동물이 태풍으로 둔갑하자 참 무덥습니다. 더운 건 그래도 참을 수 있지만, 너구리 한 마리가 기습적으로 보낸 폭우는 가슴을 덜컹케 했습니다. 무서웠습니다. 새로 지은 학교 건물의 빗물받이 홈통으로 물이 넘쳐버렸습니다. 삼십 분 기습폭우에 속절없이 당하고 말았습니다. 그나마 이 너구리가 진로를 바꿨다고 해서 다행이네요.

한반도를 강타했거나 중국대륙 동쪽에서 소멸했다면, 지금까지의 경험으로 볼 때 우리나라 중서부에 큰 비를 뿌릴 게 뻔한 일입니다. 그렇게 되면 내가 근무하는 경인여대, 내가 사는 파주는 물벼락을 맞습니다. 게다가 물벼락을 사리 때 그것도 만조 때 맞는다면 한강 임진강도 넘칠 수 있다는 생각에 아찔했습니다. 그게 물난리고 홍수입니다. 내가 아직도 파주시장인가 봅니다.^^:;
너구리 한 마리! 몰고 가세요. 어서 빨랑요~^^.

장미와 나

　　장미가 흐드러진 것을 보니 오월의 끝자락임을 알겠습니다. 괴테는 소년에게 꺾인 들장미를 노래했고, 릴케는 순수한 모순이라고 부른 장미 가시에 찔려 죽었습니다. 이해인 수녀는 '장미 앞에서 소리 내어 울면 나의 눈물에도 향기가 묻어날까'라고 노래했고요. 홍수희 시인은 '꽃잎은 더 없이 부드러워도… 가시가 있어서 장미는 장미가 된다'고 썼습니다.

　　맞습니다. 아름다움과 향기를 가지려고 노력합니다만, 가끔 부족하고 모자라는 가시가 있어야 류화선 아닌가요?

김 사장 예찬론

조경회사 김 사장은 말이 사장이지 그냥 노동자라는 말이 더 어울리는 사람입니다. 그에겐 종이에 그린 간단한 조경 설계도조차 없습니다. 설계도가 있다면 그의 머릿속에 있을 뿐입니다. 그래서 남들에게는 주먹구구식으로 마당을 마운딩해가며 나무를 배치하고 심는 것으로 보이기도 합니다.

언젠가 그가 심은 나무를 보고 현장소장이 호통을 친 적이 있습니다. 위치 선정이 잘못됐다며 옮겨 심으라고 한 것입니다. 한두 번이 아니었습니다. 그때마다 김 사장은 "네, 옮겨 심죠." 그러나 옮겨 심지 않습니다. 몇 번을 다그쳐도 똑같습니다. "네…" 하고 나선 그냥 버팁니다. 보통 사람 같으면 정원을 망치건 말건 시키는 대로 할 텐데 말이죠.

조경이론 같은 걸 배운 것 같지도 않은 그가 나름대로 고집을 부리는 데는 이유가 있는 것 같습니다. 정원과 나무에 관한한 '내가 전문가'라는 장인정신일 겝니다. 소장이 시키는 대로 하다간 그가 머릿속에 그린 작품을 망칠까 두려움도 있을 테고, 자기가 한 일에 대한 자부심과 책임의식도 한몫 했을 것이기 때문입니다.

우리 주변엔 그런 '김 사장'이 있어 사회가 굴러가는 모양입니다.

섹시한 남자

　　남성용 재킷의 허리는 잘록해지고 엉덩이를 드러낼 정도로 길이는 짧아졌습니다. 히프에서 종아리까지 꽉 끼게 바지를 입는 게 유행인가 싶더니 발목도 내놓고 이젠 아예 양말까지 벗어 버렸습니다.

　　"Men Become Sexual, Women Become Powerful."

　　남잔 섹시해지고 여잔 파워풀해진다.

　　어느 미국 기자의 말입니다. 100% 맞습니다.

　　오랜만에 백화점을 둘러봤습니다.

　　나도 섹시해져야 하는 건지요?

"

정말로 소중한 것은 가족이며
가까이서 날 보살펴 주는 사람도
가족입니다.

"

슛~

  스포츠 동호회는 지역사회의 에너지원입니다. 회원들이 뛰면서 흘리는 땀
과 웃음은 지역 공동체에 핀 꽃으로 비유할 수 있구요. 운동을 하면 뼈가 단단
해지고 근육이 붙듯 동호회의 즐거운 만남은 지역사회를 하나로 묶는 응집력
입니다. 출근길에 동호인들이 뛰는 모습을 봤습니다.

  좋은 계절, 좋은 하늘, 좋은 햇살, 좋은 바람 맞으며 오늘도 멋진 슛 날리고
건강하고 행복하시길 바랍니다.

정말 소중한 것

그는 어려서 학대를 받았으나 열심히 노력한 끝에 자수성가했다고 합니다. 아들이 생겼고, 선망의 대상이자 인생의 목표였던 최고급 스포츠카도 구입했습니다. 그러던 어느 날, 차고에서 이상한 소리가 들려 주변을 살펴보았습니다.

어린 아들이 천진난만한 표정으로 못을 들고 최고급 스포츠카에 낙서를 하고 있었습니다. 이성을 잃은 그는 손에 잡히는 공구로 아들의 손을 가차 없이 짓뭉개버렸고 아들은 대수술 끝에 결국 손을 절단해야 했습니다. 수술이 끝나고 깨어난 아들은 아버지에게 잘린 손으로 울며 빌었습니다. "아빠 다신 안 그럴게요. 용서해 주세요." 소년의 아버지는 절망적인 심정으로 집으로 돌아갔고 그 날 저녁, 차고에서 권총으로 자살을 했습니다. 그가 마지막 본 것은 그의 아들이 남긴 낙서였습니다. 낙서의 내용은 'I love daddy'

지인 한 분께서 캐나다에서 실제로 있었던 실화라며 카톡으로 보내 준 글입니다. 사람들은 정말로 소중한 것이 무엇인지 잃어버리고서야 실감하는 거 같습니다. 무엇이 진짜 소중한 것인지. 정말로 소중한 것은 가족이며 가까이서 날 보살펴 주는 사람도 가족입니다. 내게 반성의 기회를 주는 소중한 글이었습니다.

소통

나를 칭찬하고 좋아하는 사람은 가까이 둘 수 있습니다. 그러나 정작 가까이 두고 자주 만나서 이야기를 들어야 할 상대는 나를 욕하고 싫어하는 사람입니다. 그들을 미워하고 멀리하면 판단력이 흐려지고 결국은 일을 그르칠 수 있기 때문입니다. 나와 반대편에 서 있던 분들과 저녁을 함께 하면서 소통이 뭔가를 새삼 깨달았습니다.

네가 가고자 하는 길

낯을 가리느라 할배를 보면 울고 도망가던 손녀 딸 시아가 "할지~" 하며 다가옵니다. 1년 8개월 사이에 아이는 이렇게 커 가는데, 나는 어디로?

조선시대 김만중이 쓴 대중소설 「구운몽」에서 주인공 성진의 물음에 육관 대사 왈 "네가 가고자 하는 곳이 너의 갈 길이다."라는 말이 떠오릅니다.

그래! 그렇지, 암 그렇고말고~^^

허니버터칩

허니버터칩? 그게 도대체 모 길래, 그냥 감자칩 아닌가요? 근데 왜 그토록
인기인지 모르겠습니다. 불이 났다는 건지, 불타나게 팔린다는 건지, 감자칩에
달콤한 맛을 냈다고 합니다. 짭짤한 맛에 익숙해진 감자칩 맛도 바꾸는 세상,
이러다간 마누라와 자식까지도 바꾸는 건 아닌지 모르겠습니다.

어휴! 먹고 살기 참 힘든 세상입니다.

"얘야, 허니버터칩 좀 사다 줄래? 한번 맛이나 보자~"

배추 저장법

된장을 풀어 팔팔 끓인 햇배춧국에 밥 한 그릇 말아 뚝딱. 배가 부릅니다. 담이와 박이를 호위무사 삼아 한 시간 삼십 분 걷기로 배를 껐습니다. 오늘 배춧국은 지난 8월 중순, 모종낸 것 중 한 포기입니다.

오후에 스물일곱 포기 모두 뽑아 칼로 겉잎을 다듬고, 스물여섯 포기는 신문지로 돌돌 말아 싸서 베란다에 저장완료. 된장국이나 속고갱이 쌈 생각나시는 분, 담박원에 왕림하이소. 웰컴입니다요~^^.

미생

"니들이 술맛을 알아?" 드라마 '미생'에서 오 과장이 독백처럼 내뱉은 말입니다. '술은 왜 먹냐?'는 아내의 바가지에 구구한 변명 없이 고된 하루일과를 토해내는 느낌 제대로입니다.

내가 과장 때의 직장생활이 불현듯 떠오릅니다. 그때 나도 집사람에게 "이런 제기랄, 내가 먹고 싶어서 먹은 줄 알아?"라고 퉁명스럽게 내뱉었죠.

여보, 마나님! 그땐 참 미안했소이다. 근데, 오늘 미생 좀 보고 계시지요. 시청률이 장난이 아니라던데. 난 한 잔 걸치고 들어갈게요.

쏘, 쏘리입니다용~~^^

점심

옛날 중국에 덕산이라는 큰스님이 있었습니다. 금강경에 정통했답니다. 그가 어느 날 길을 가다가 떡장수 노파를 만났는데, 마침 점심때라 시장기가 돌던 때였습니다. 노파는 금강경에 해박하다는 스님에게 자신이 낸 문제를 맞히면 떡을 공짜로 주겠다고 했습니다.

그리고 "금강경에는 과거심(지나간 마음)도 잡을 수 없고, 현재심과 미래심도 잡을 수 없다는 구절이 있다는데 스님은 어느 심(마음)에 점을 찍겠소?"라고 물었습니다. 마음에 점을 찍는 것, 그게 '점심'입니다.

매일매일 제 마음을 담아 점심을 올립니다. 맛있게 드시길요~^^

3대 미인

세계 3대 미인, 한국의 3대 미인, 미스코리아 진·선·미 등을 거론하면서 미인들 얘기를 많이 합니다. 그런데 사람은 누구에게나 3대 미인이 있습니다.

어머니, 아내, 그리고 딸이죠. 딸이 없는 제게도 요즘 3대 미인을 '당당하게' 말할 수 있게 됐습니다. 손녀가 이쁘다 보니 세상 아이들이 다 귀엽습니다. 사람이 꽃보다 더 아름답다는 말에 동의합니다. 그~지여~?^^

오디 철

오디가 한창입니다. 아침에 일어나면 집 근처 뽕나무 밑으로 갑니다. 나뭇가지를 붙들고 늘어뜨려 오디를 한 움큼 땁니다. 밥 먹기 전 애피타이저로 한 입 넣고, 밥 먹고 난 다음 디저트로 여남은 개 더 먹습니다. 그 맛이 바로 꿀맛이죠. 다만 손가락과 이와 혓바닥에 시커먼 증거를 남기는 게 문제죠.

재미있는 건 새들도 같은 증거를 남긴다는 겁니다. 오늘 아침 우리 집 데크 난간에 떨어져 있는 새 똥이 새까만 걸 보면 그 놈들도 오디를 쪼아 먹은 게 분명합니다. ㅋㅋ

메르스 신약

석가모니는 보리수나무 아래에서 깨달음을 얻었다고 하죠. 깨달음은 힌디 어로 보디Bodhi. 보디가 보리수로~.

한의학에선 보리수 열매가 천식과 기침에 효능이 있다죠. 그렇다면 보리 수 열매로 중동호흡기증후군 '메르스 신약'을 만들 수도 있을 텐데….

새벽에 마당에 나가 '메르스 예방 차원'에서 왕보리수 열매를 따 먹으며 문득 떠오른 아이디어입니다. 말 되죠? 제 아이디어 로열티 내고 사 갈 제약회 사 없나요?^^

예지력

태풍 '찬홈'의 영향으로 큰 비가 올 거라고 합니다. 지금은 과학의 힘으로 날씨를 미리 알지만 옛날에는 동물의 움직임을 보고 날씨를 점쳤습니다. 참새가 목욕을 하면 날이 맑다거나, 뱀이나 쥐가 이동하면 지진이 난다고 했습니다. 개미나 개구리의 움직임을 보고도 큰 비를 예견했죠.

동물들의 본능과 예지력이 참 놀랍습니다. 오늘 아침 물가를 떠나 산으로 이동하는 맹꽁이를 봤습니다. 큰 비가 오긴 올 것 같습니다.

음기 보충법

동양의 음양사상에 따르면 하지인 오늘은 양의 기운이 가장 왕성한 날입니다. 양의 기운은 오늘부터 처서(8. 23)까지 약 두 달간을 가장 뜨겁게 달구게 됩니다.

세상의 이치가 다 그렇지만, 양기가 강하다는 것도 긍정적인 면과 부정적인 면을 함께 가지고 있습니다. 낮이 길어져 활동량이 많아지는 것은 긍정적이나, 밤이 짧아 피로를 회복할 잠의 양과 질이 부족해지는 것은 부정적 측면. 그래서 앞으로 두 달 간은 더운 날씨에 체력이 떨어지고 피로가 쌓일 건 뻔한 일. 물론 비방은 있죠. 음을 보충할 수 있는 숙면과 낮잠입니다.

오늘은 한 해 전반부를 마무리하고 후반부를 준비하는 터닝 포인트~ 하지夏至!^^

이웃 여러분, 이제부터 음기 보충에 신경 쓰시지요!

류화선음양연구역술원장 드림. ㅎ

참나무

　　참나무가 따로 있는 게 아닙니다. 도토리를 맺는 나무의 총칭입니다. 신갈·떡갈·졸참·굴참·갈참·상수리 등이 모두 참나무입니다. 먹을 수 있는 열매가 달린다고 해서 '참'자가 붙은 거죠. '참'이 붙은 진짜 나무는 목재로도 연료로도 음식으로도 가치가 있습니다.

　　추석 성묘를 끝내고 참나무 밑에서 도토리를 줍다가 '참'인간을 생각해 봅니다. 참인간도 어디서나 쓰임 받는 인간이겠지요.

삼색과일

감·대추·밤은 예로부터 제사상에 꼭 올려야 하는 삼색과일로 알려져 있습니다. 이들 삼색은 우리나라 어디에서도 나는 과일이어서 쉽게 구할 수 있기 때문입니다. 뿐만 아니라 저장기술이 없던 옛날에도 일 년 열두 달 제사에 쓸 수가 있어서입니다. 감은 곶감으로, 대추는 말려서, 밤은 황율로 보관을 할 수 있거든요.

삼색과일이 제사에 필수인 이유는 또 있습니다. 감은 고염나무 밑둥을 짜개어 접을 붙인 나무에서 열리는 과일이어서 부모가 나아줄 때의 고통을 생각하라는 거구요. 열매가 가장 많이 달리는 대추는 부귀다남의 다남을, 밤송이 속세 톨씩 나란히 들어있는 밤은 형제간 우애를 조상에게 빈다는 의미가 있다고 합니다. 감·대추·밤이 지천인 참 좋은 계절, 부모님 생각이 납니다.

밤에 서린 한

밤 줍는 계절이 와서 저는 참 행복합니다. 밤을 특히 좋아하거든요. 지금 생각하면 아마도 밤에 대한 한이 서려 있어 좋아 하는지도 모릅니다. 제가 어렸을 적 심학산 밑 시골집엔 밤나무가 없었습니다. 대신 같은 동네 큰댁에는 밤나무가 많았습니다. 그래서 그 시절 이맘 때 쯤, 큰댁 밤나무 밑에서 몰래 밤을 줍곤 했는데, 어느 날 사촌 큰 형수에게 들켜 혼쭐이 났던 기억이 있습니다.

요즘은 칼이나 밤 가위로 까먹지만, 앞니로 깐 속껍질을 퉤퉤하면서 풋밤을 까먹던 그때 그 시절 그 맛~~ 요즘 밤 가위로 까먹는 맛과는 비교할게 아니죠. 오늘은 집 뒷산에 올라가 밤에 대한 한이나 풀어 볼까 합니다. ^^

효자마

아침에 붉은 땅에서 더 붉게 알이 박힌 고구마를 캤습니다. 제멋대로 생긴 놈들이지만 일본에선 효자마라고 부른답니다. 효자마? 부모를 위해 '효자'가 심은 마. 불현듯 '어머니와 함께 이 고구마를 쪄 먹었으면…' 하는 생각이 듭니다.

엊그제 슈퍼스타 K6 곽진언의 노랫말처럼 '죽도록 기도해 봐도 돌아가신 우리 엄마…'는 어쩔 수가 없어서 그런 가 봅니다. 아니면 붉게 타들어가는 뒷산 단풍 땜에 낭만을 탄 탓일까요? 알다가도 모르겠네유~

떨켜

단풍은 왜 화려하고 고울까요?

일조량이 줄어들면 줄기와 잎 사이에 떨켜라는 막이 생겨 엽록작용을 막기 때문입니다. 내년의 생존을 위해 성장을 멈추는 게지요. 자기희생이고 자기절제입니다. 단풍의 고귀한 의미를 생각합니다.

두꺼비

두껍아 두껍아….

두꺼비는 재물 행운 사랑과 행복의 상징입니다. 그 두꺼비가 가을 찬비 내리는 아침, 우리 집 담박원에 나타났습니다. 동면에 들어가기 전 폴짝폴짝 세상을 구경하다 카메라에 찰칵. 금두꺼비? 복福두꺼비? 속신俗信이 맞는다면 우리집에 좋은 일이 있을 징조입니다.

부富와 권력을 탐하지 않고 편안하게 머물겠다는 담박원淡泊園인데… 여기에 웬 두꺼비? 청정지역에서만 산다는 놈이니까 우리 식구 건강만은 확실하겠죠?

군고구마 레시피

1. 3cm 두께로 고구마를 슬라이스 한다.

2. 호일에 2~3겹 싸서 난로 불에 넣는다.

3. 10분 정도 있다 꺼낸다.

4. 호일을 벗겨 한 스푼씩 떠 먹는~

5. 그 맛… 느끼면 끝. 둘이 먹다 셋이~^^?

주의사항 : 난로에 손을 데지 않도록 두꺼운 벙어리장갑을 끼는 게 좋습니다. 없으면 그냥 면장갑도 무방합니다. 목 메이는 걸 대비해 김칫국이나 동치미 국물을 준비해 두면 금상첨화입니다. ㅋㅋ

장작패기

아침부터 난로에 땔 장작을 팼습니다. 장작을 패면서 '겨울철 최고의 스포츠'라는 생각을 합니다. 장작패기는 체력소모가 대단하거든요. 정신수양에도 좋습니다. 장작을 패는 데는 나름 '기술'까지 필요합니다. 정신일도精神一到는 기본이고. 받침목에 통나무를 반듯하게 세우는 데도 기술과 정신집중을 요합니다. 나뭇결대로 도끼날이 찍히게끔 방향을 잘 맞춰야 합니다. 도끼를 나뭇결에 정조준하고 그대로 들어 올려 힘껏 내리치되, 임팩트를 줘야 잘 쪼개집니다.

이 중 한 가지라도 소홀하면 여지없이 실패합니다. 헛 도끼질이 심하면 받침목만 냅다 내리치고 맙니다. 도끼를 맞고 두 조각으로 '쫙' 소리를 내며 쪼개지는 그 울림, 어느 스포츠에서 이보다 더한 희열을 맛볼 수 있을까요?

입동 준비 완료

주말 작업을 통해 오늘에서야 '온실건립공사'를 마쳤습니다. 서재에 달아지은 착탈식 온실입니다. 건자재는 각목 비닐 렉산 바닥용 은박 단열 및 데코타일. 각목 틈새는 찰흙으로 마감하니 프로급입니다. 후배 두 사람과 현장 드로잉으로 만든 일류작품입니다. ㅋㅋ 저녁에 난로 화입식도 성공~. 뉴스에서 마침 경기북부에 한파소식을 전합니다. 추위 걱정은 안 해도 될 것 같습니다.

겨울놀이

출근길 자연 썰매장을 보니 겨울놀이가 생각났습니다.
팽이는 채찍을 맞아야 돕니다.
연은 바람을 거슬러야 납니다.
썰매는 꼬챙이로 찍어야 갑니다.
그렇게 겨울놀이를 하며 추위를 이겨냈습니다.

그리고 어른이 됐습니다.

사가독서

　휴가 때 뭘 하지, 고민하는 분들 계시죠? 책 한 권 읽으시는 것도 방법이죠. 옛날에는 임금이 관리들에게 휴가를 줘 책을 읽게 했습니다. 세종 때 사가독서 제도가 그 대표적인 예.

　그래서 말인데요, 이번 휴가에 책 한 권 어때요? 휴가 끝내고 모여서 책거리도 할 수 있어 좋을 것 같은데 말이죠….

털신

"그녀에게 알맞은 신발을 줘라. 그러면 그녀는 세상을 정복할 것이다."

마릴린 먼로의 말입니다. 저도 지난겨울의 동장군을 정복한 신발이 있습니다. 재래시장에서 산 8천 원짜리 털신입니다.

"겨우내 신세 많이 졌네. 고맙네 그려. 이젠 신발장 속에 들어가 푹 쉬어라. 안녕! 빠이! 짜이찌엔!"

제 몸 가장 먼 곳에서 가장 가깝게 저를 감싸준 털신과의 정이 봄 아지랑이 속에 아련합니다.

정직의 힘

"한 우산 회사에서 제작 과정 중 실수로 우산에 결함이 생겼다. 하는 수 없이 회사는 이것을 바겐세일로 처분하기로 했으나 도무지 팔리지 않았다. 그러나 모 광고회사가 이를 인수해 팔기 시작했는데. 우산은 날개 돋친 듯 삽시간에 팔렸다."

과연 그 이유가 무엇이었을까요? 광고회사는 결함있는 상품을 팔기 위해 다음과 같은 광고를 신문에 게재했습니다.

"흠이 있는 우산을 싸게 팝니다. 하지만 사용에는 불편이 없습니다."

사실을 있는 그대로 밝혔던 겁니다. 사람들을 구름 떼처럼 몰리게 한 힘은 바로 '정직'이라는 무기였습니다.

귀 빠진 날

생일을 귀 빠진 날이라고 합니다. 어머니가 아기를 낳을 때 머리부터 나오는데, 그때가 가장 고통스럽다고 합니다. 머리중에서도 귀가 나오기까지 최고 힘들 때입니다. 일단 귀가 나오면 조금은 수월하다고 하죠. 힘든 고비를 넘겼다는 의미에서 '귀 빠졌다'고 하면 산거나 마찬가지입니다.

苟日新 日日新 又日新구일신 일일신 우일신, 「大學」에 나오는 말입니다. '진실로 날마다 새롭고 매일매일 더 새롭고 또 새로워야 한다'는 뜻이죠. 참으로 어려운 말입니다. 사람들은 해마다 생일을 맞으며 자축하기도 하고 축하를 받기도 합니다. 하지만 지난해 보다 어제 보다 더 새로워지려는 노력은 게을리 하죠.

가장 멋진 생일선물은 사람일 겁니다. 부모님 · 아내 · 자식 · 형제 · 친구 · 동료 · 동지 · 이웃 모두가 함께하는 세상에 내가 존재한다는 것만큼 좋은 선물은 없겠죠! 믿을 수 있고 정직하고 최선을 다하는 많은 분들이 주위에 있어 더 없이 행복하고 기쁩니다. 매일매일 더 새로워지고자 하는 마음으로 인생의 케이크와 삶의 촛불을 켭니다.

진정한 악사

추운 겨울 날 영국의 런던 브리지 위에서 한 노인이 바이올린을 연주하면서 구걸을 하고 있었습니다. 그러나 누구 하나 거들떠보지 않았습니다. 이때 한 사람이 노인에게서 바이올린을 건네받아 연주를 하기 시작했습니다. 아름다운 선율이 강바람을 가르면서 울려 퍼지기 시작했고, 행인들은 발길을 멈추고 모여 들었습니다.

노인의 모자에는 동전이 가득 찼습니다. 그때 한 사람이 소리쳤습니다. "저 사람은 파가니니다!" 걸인을 위해 바이올린을 연주한 사람은 바로 이탈리아가 낳은 세계적인 바이올리니스트 파가니니였습니다.

파가니니는 바이올린 연주 기교에 대변혁을 일으키기도 한 연주가입니다. 추운 겨울, 길을 지나던 그는 노년의 걸인이 서툰 솜씨로 바이올린을 연주해도 모자에 돈은커녕 청중조차 없는 것을 보고 그냥 지나치지 않고 본인이 직접 연주를 했던 겁니다. 기능에서 으뜸인 사람이 마음씨 착한 것에서도 으뜸인가 봅니다.

아무리 하잘 것 없는 낡은 악기라도 훌륭한 연주자를 만나면 빛을 발하기 마련입니다. 지금 우리의 삶은 과연 누가 연주하고 있을까요?

버리고 비우는 일

사람이 살다보면 과거사에 묶이는 경우가 많습니다. 특히 남에게 해코지를 당한 기억은 쉽게 지워지지 않습니다. 그러나 안 좋은 추억은 싹싹 지워 버리는 게 좋습니다.

성경 말씀처럼 이전 일은 기억하지 말며, 과거 일은 생각하지 않아야 합니다. 법정스님도 '버리고 비우는 일은 결코 소극적인 삶이 아니라 지혜로운 선택'이라고 했습니다. 과거를 버리고 비우지 않는다면 새것이 들어설 수 없다는 말입니다.

안 좋은 과거사일수록 보다 더 긍정적인 시각으로 바꿀 필요가 있습니다. 그렇게 하면 해코지를 해 온 사람에게도 거친 언행을 할 리 없습니다. 오히려 그들의 말이나 생각에 더 귀 기울이며, 보다 진심어린 언어를 구사할 지도 모릅니다. 자기중심적 인간으로 빠지지 않고 넉넉한 삶을 살려면 말입니다.

2인 3각행 남자

오랜만에 인사드립니다. 나는 요즘 홀아비랍니다. 아내가 열흘 넘게 외국에 갔거든요. 그 무섭다는 곰국 끓여 놓고 햇반 사 놓고 간식으로 과일 몇 개. 아~ 자유롭게 며칠 지내보자며 내심 좋아했지요. 하지만 아내의 빈 자리가 이렇게 큰 줄 몰랐습니다. 늘 채워 주던 생활의 구멍들이 여기저기서 숭숭 뚫립니다.

오래 신은 신발처럼 편안하다가 막상 그게 없으면 불편한 것들. 아내처럼 찾을 때 없어야 그 고마움을 아는 게 참 많습니다. 나의 블로그를 방문해 주시는 분들이 그렇습니다. 늘 고맙고 감사하고 기쁩니다.

럭비공처럼 어디로 튈지 모르는 타원형의 앞길, 하지만 타원형도 계란처럼 한쪽으로 기운 타원형은 다릅니다. 계란은 굴러가다 다시 돌아오게끔 한쪽이 무겁게 진화했지요. 어미닭의 품 같은 블로거 여러분의 사랑이 있는 한 언제나 여러분과 함께 하겠습니다. 거짓말을 하면 얼굴이 빨개지고, 정 많고 눈물 많고 웃음도 많은 남자입니다. 눈앞의 이익보다 멀리 내다보고 일하길 좋아합니다. 그렇지만 더 낮아지고 더 겸손하며 더 부드러워지고자 합니다. 2인 3각으로 걷겠습니다.

단비

104년 만이라는 가뭄 끝에 단비가 왔습니다. 반갑고 고맙고 기쁘다는 말은 이럴 때 쓰는 가 봅니다. 옛 조상들은 비를 존중했습니다. 그래서 여러 가지 이름을 붙였습니다. 가뭄에 먼지만 풀풀 날리는데 겨우 먼지를 적실만큼만 오는 비를 먼지잼이라 했습니다.

가뭄 끝에 내리는 비를 단비라고 했는데, 그보다 더 단 것이 꿀비, 약이 된다고 약비라 했습니다. 작대기처럼 오는 비는 작달비, 장대처럼 굵은 비를 장대비, 물을 퍼붓듯 내리는 비를 억수. 그 외에도 비의 형태에 따라 다양한 이름을 붙이기도 했습니다. 안개비는 개가랑비 · 이슬비 · 실비 · 가루비 · 보슬비 · 채찍비 · 발비 · 줄비 · 된비 · 무더기비 · 웃비 · 여우비 · 해비 등 재미있고 귀한 표현이 참 많습니다.

비가 오기 시작할 때 몇 알 툭툭 떨어지는 걸 '비꽃'이라고도 했습니다. 엊그제 비꽃이 피자 사람들이 탄성을 지른 걸 기억합니다. 얼마나 귀하고 예쁘면 비에다 꽃이라는 호칭을 붙였을까요. 곧 장마 시작입니다. 한여름, 비가 오면 농부들은 할 일이 줄어듭니다. 그럴 땐 낮잠이나 잘 밖에요. 그것을 '잠비'라고 했습니다. 물이 풍족해지고 가뭄이 해갈되면 잠비 오시는 날에 낮잠이나 실컷 자고 싶습니다.

꿈을 아끼지 마라

물감을 아끼면 그림을 못 그리듯, 꿈을 아끼면 성공을 그리지 못합니다. 꿈은 현실의 씨앗입니다. 마음에 새긴 인생의 꿈은 반드시 이루어집니다. 연필로 써내려간 인생의 꿈은 반드시 이루어집니다. 가슴으로 노래하는 인생의 꿈은 반드시 이루어집니다. 간절히 꿈꾼다면 자신의 뇌와 신경계뿐만 아니라 온 우주와 주변 사람들도 당신을 도와줄 테니 말입니다.

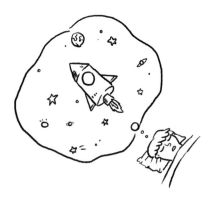

파리

　고속도로 휴게소, 지하철역, 대형 병원이나 백화점, 극장 등 그곳엔 반드시 공중화장실이 있습니다. 그곳 남자화장실…. 소변을 흘리는 남자들을 위해 써 놓은 문구가 재미있습니다.

　'남자가 흘리지 말아야 할 것은 눈물만이 아닙니다.'
　ㅋㅋ 아주 시적詩的입니다.
　'아름다운 사람은 머문 자리도 아름답습니다.'
　ㅎㅎ 매우 철학적입니다.

　'반걸음만 더 가까이' 아예 발바닥 그림까지 곁들여 있습니다. 그리고 파리 한 마리! 오잉! 소변기 아랫부분 소변줄기가 닿는 곳에 파리 한 마리가 그려져 있습니다. 어느 것이 가장 효과적일까요? 정답은 당연히 파리입니다. 남자들은 정복자요 파괴자요 과녁형입니다. 정복해야 하고 파괴해야 하고 목표물을 정조준해야 뿌듯합니다. 그런 심리를 이용해 파리를 그려 놓은 건 정말로 굿 아이디어입니다.
　목표는 구호나 추상이 아닙니다. 확실한 구체입니다.

담배 키스

양심털

　　머리 · 겨드랑이 · 사타구니 · 콧속 · 눈두덩. 털이 있어야 할 우리 몸 다섯 곳에 털이 없으면 무모증이라고 합니다.

　　그런데 털이 나선 절대로 안 될 곳이 있습니다. 바로 양심입니다. 뻔뻔한 사람에게 심장이 두껍다고 하다가 정도가 더 심해지면 심장에 털이 났다고 합니다. 그게 변해 양심에 털 났다고 말합니다.

　　우리 모두 양심만큼은 무모증으로 삽시다요~^^

물

물은 차이를 없애고 같음을 만듭니다. 고을 동洞이라는 한자가 만들어진 이유라고 합니다. 한강과 임진강도 차이를 없애고 같음을 만들며 오두산 절벽 아래에서 서해로 향합니다. 그곳을 '삼도품'이라 합니다. 삼도품은 한반도의 탯줄과 젖줄과 핏줄이 어우러지는 혈입니다.

물처럼 세상의 모든 흐름을 품고 싶습니다.

부연 인간

한옥의 지붕은 선이 아름답습니다. 학이 날개를 펼친 듯한 한옥의 지붕은 홑처마와 겹처마가 있어 더욱 그렇습니다. 홑처마는 둥그런 서까래를 쓰지만 한 겹 덧댄 겹처마는 네모난 것을 사용합니다. 그렇게 덧댄 겹처마를 '부연'이라 합니다. '부연 설명하다'라는 말이 바로 여기서 유래된 겁니다.

부연을 한 겹처마 지붕은 한층 품위가 있고 쓰임새도 넓습니다. 저도 부연을 한 인간이었으면 합니다. 더 멋지고 더 품위 있고 더 넓은 사회를 위해서 말입니다~^^

3Q+α

뭔가를 결정하고 추진할 땐 스스로에게 세 가지를 물어봅니다.

명분과 원칙에 맞고 상식이 통할 수 있는 합리적인 것인가? 신문이나 방송에 났을 때 창피하거나 부끄럽지 않을 만큼 윤리적인 것인가? 퇴행적이지 않고 미래사회로 가는 혁신적인 것인가?

이 세 가지 물음에 O.K사인이 나면 그냥 GO입니다.

下心

下心은 자기를 낮춘다는 불교 용어입니다. 남을 의식하고 낮추는 게 아니라 스스로 낮추는 겁니다. 봄에 가장 먼저 피는 들꽃 중에는 냉이꽃 제비꽃 바람꽃 같은 게 있는데 그 녀석들은 최대한 자신을 낮춥니다. 下心입니다.

우리 몸에서 나와 가장 멀리 떨어져 묵묵히 일하는 곳은 발뒤꿈치 발바닥 발가락입니다. 下心입니다. 그런데 下心하기는 너무 힘들고 어렵습니다. 잘못하면 상심傷心이요, 변심變心이 오기도 합니다.

下心은 하심河心이기도 합니다. 물이 흐르듯 낮은 곳으로 가야 합니다. 그래서 강심江心과도 같은 말이고, 결국 下心은 강심强心과 통합니다. 下心을 각오하며 매일 아침을 맞습니다만 저녁에 집에 들어갈 때 돌아보면 어느 새 上心입니다. 더 下心하겠습니다.

거울

"어떻게 지내십니까?" 한 여인과 통화를 했습니다. 이런 저런 이야기를 나누다가 그 여인이 이런 말을 했습니다. "저는 남편의 모습이 나의 거울이라고 생각합니다." 이렇게 생각하니 화 날 일이 많이 줄었다고 했습니다. 게슈탈트는 말했습니다. "모든 타인은 나를 비추는 거울이다." 타인에 대한 부정적인 생각과 말들은 나의 억압된 모습입니다. 내면에 억압된 모습이 있으면 타인이 그 모습을 할 때 부정적인 면만 보이고, 상대에 대해 더 많이 분노하거나 험담을 하게 됩니다.

나를 화나게 하는 사람의 모습이 내 안의 모습이라면 나를 인정해 주는 것이 최선의 길입니다.

"나도 저 사람처럼 예뻐지고 싶어서 시기 질투가 생기는구나!"

"나도 저 사람처럼 능력있고, 인정받는 사람이 되고 싶어 하는구나!"

거울에 비춰진 타인의 모습이 아름답도록 나를 사랑하십시오.

봄날은 간다

높은 산에 토끼 두 마리가 살고 있었습니다. 한 마리는 남쪽 기슭에, 또 한 마리는 북쪽 기슭 굴속에서 긴 겨울을 지냈습니다. 드디어 봄이 왔습니다. 어느 토끼가 먼저 봄이 온 것을 알았을까요?

북쪽 기슭의 굴속에 사는 토낍니다. 왜냐고요? 그놈은 늘 맞은편 산의 남쪽 기슭을 내다봅니다. 남쪽 기슭의 눈이 먼저 녹거든요. 반대로 남쪽에 사는 토끼는 아직 눈이 녹지 않은 굴 밖의 북쪽 기슭만 바라보다가 봄이 온 것을 모르고 잠을 더 잘 테니까요.^^ 세상은 대상을 어떻게 보느냐에 따라 달라집니다. 세상을 어떻게 읽느냐가 중요합니다. 사방에 꽃이 피고 잎이 솟고 땅이 꿈틀거립니다. 그런데 아직도 쿨쿨 잠자는 소리가 들립니다. 참으로 안타깝습니다.

봄날은 가는 데 말입니다.

춘화현상

　　동남아에서 온 사람이 우리나라가 원산지인 개나리를 보고 반했답니다. 꽃가지를 몇 개 꺾어 본국에 가서 심었습니다. 하지만 잎은 잘 나오는데 꽃이 피지 않았습니다. 다음 해에도 잎만 무성할 뿐 꽃 소식이 없었습니다. 왜 그랬을까요? 동남아에는 추운 겨울이 없는 것이 원인이었습니다. 이처럼 겨울을 지내야 꽃이 피거나 열매를 맺는 것을 춘화현상이라고 합니다.

　　열대지방의 벌은 꿀을 모으지 않습니다. 사철 꽃이 피는 터라 꿀을 모을 필요가 없기 때문입니다. 꽃이 없는 계절에 대한 대비가 꿀입니다. 인류도 북방지역의 추운 지역 사람들이 잘 산다고 합니다. 겨울을 견디며 생존력이 더 강해졌기 때문입니다. 이 또한 춘화현상입니다.

　　우리나라가 구제역을 겪고, 일본이 지진과 쓰나미 피해를 봤습니다. 혹독한 겨울의 시련입니다. 그러나 이를 잘 견딘다면 더 좋은 열매를 맺을 수 있습니다. 비 온 뒤에 땅이 굳는다고 했습니다. 비록 소는 잃었지만 그 후에 고친 외양간이 더 튼튼합니다. 이 모두가 춘화현상입니다. 겨울을 잘 견디고 피어난 봄꽃이 아름다운 이유입니다.

길

복숭아나무와 자두나무는 말없이 제 자리를 지킵니다. 그러나 나무 밑으로 사람들이 모여들어 길이 납니다. 맛있는 열매를 따먹기 위해서입니다. 열매가 없는 나무 밑으로는 아무도 가지 않습니다. 따라서 길도 없습니다.

사마천이 말한 '도리불언 하자성혜桃李不言 下自成蹊'의 길을 깊이 생각하면 사람도 마찬가지인 듯싶습니다. 성과와 실적이라는 열매가 있어야 사람들이 모여 드는 것은 당연한 일입니다.

달팽이

길을 건너가는 달팽이를 봤습니다. 믿을 거라곤 등에 지고 가는 빈껍데기 뿐인데 기어가는 모습이 힘들어 보였습니다. 물가 풀숲으로 옮겨 놓으면서 문득 전셋집 사는 서민들이 생각났습니다. 이리저리 이사 다니는 게 얼마나 힘든지…. 젊었을 때 전세살이를 하도 많이 해서 그 맘 잘 압니다.

달팽이를 옮겨 놓은 게 잘 한 일인지는 잘 모르겠습니다만, 힘든 등짐을 덜어주고 싶은 마음이었습니다.

똥개론

똥개는 똥을 먹어서 똥개가 아니다. 도둑이 주는 먹이를 먹으면 똥개다.
― 김훈 소설 「개」에서

우리 집 박이와 원이를 보면서 또 하나의 '똥개론'을 펼 수 있습니다. 짖을 때 짖지 않고, 짖을 필요가 없을 때 목청껏 짖는 개가 똥개입니다.

박이와 원이는 까닭 없이 짖지 않습니다. 그러나 한번 짖으면 짖는 소리에 위엄과 울림이 있습니다. 몸 속 깊은 곳에서 지진이 일어난 듯 화산처럼 폭발하면서 쓰나미처럼 덮쳐갑니다.

쉼표와 마침표

작고 보잘 것 없는 부호지만 언제 어디에 찍느냐에 따라 글의 흐름이 바뀌고 문장의 완성도가 달라집니다. 삶도 마찬가지라는 생각입니다. 언제 쉼표를 찍고 어떻게 마침표를 찍느냐가 중요하죠.

내 여름쉼표 기간은 담 주부터~.

아름다운 마침표를 어떻게 찍을까? 더 깊게 생각하며 먹을 갈겠습니다. 화룡점정! 함께 점을 찍어 완성하실 분들, 물론 환영입니다요~^^

쭉정이

　　한낮의 따가운 햇살은 가을 들녘의 곡식들을 영글게 합니다. 그런데 똑같은 햇살을 받아도 껍질 속을 채워가는 낟알이 있는가 하면, 껍질속이 텅 빈 쭉정이로 그냥 남아 있는 것도 있습니다. 쭉정이도 필시 경쟁에서 밀린 것일 테죠. 세상은 여기서도 공평하지 않은 모양입니다.

걷기예찬

수백만 년 전 인간은 직립보행을 시작하며 걷도록 진화했습니다. 그 결과 뇌가 커지고 도구를 만들었습니다. 진화의 승리자가 된 겁니다. 걸으면 건강해지는 건 물론이고 생각을 키웁니다. 철학자들이 많이 걸은 이유입니다.

창의적인 사고도 걸을 때 나옵니다. 매일 만보 이상을 걷고 또 걷습니다. 만보를 채우지 못하면 밤에도 걷습니다. 직립보행을 잃어버리면 인간은 다시 침팬지가 될 거라는 생각을 하면서~~^^.

만남

가수 노사연 씨의 '우리 만남은 우연이 아니야'라는 가사의 '만남'이란 노래는 가히 국민가요라 할 수 있습니다. 서로 다른 두 존재가 하나로 만나는 것은 참으로 소중한 기회이자 운명이 아닐 수 없습니다. 사람에게만 만남이 있는 것은 아닙니다. 길이 만나면 삼거리나 십자로가 되고, 산이나 바다도 만나서 새로운 모습을 형성합니다. 특히 우리 조상들은 강과 강이 만나는 곳을 매우 중요하게 생각했습니다. 우리 만이 아니라 인도 사람들도 갠지스강과 야무나강이 만나는 곳인 상감을 성지로 여깁니다.

아우라지(골지천과 송천이 '어우러져' 조양강을 이루는 곳), 두물머리(북한강과 남한강의 '두 물이 머리'를 이뤄 한강이 시작되는 곳), 아우내(두 개의 내川가 '어울리병천, 竝川'는 곳), 아우내장터, 교하交河(한강과 임진강이 교차해 조강祖江, 할아버지강으로 흐르는 곳 등. 곳곳에 그런 지명이 많이 남아 있습니다. 조강祖江 가운데에는 유도留島(머무르는 섬)라는 섬이 있습니다. 강화도 연미정에서 잘 보이는 곳인데, 언젠가 북한에서 떠내려 온 소를 구출해서 유명해졌습니다. 그 섬이 참으로 오랫동안 머물며 통일을 기다리고 있습니다.

강은 스스럼없이 만나는 데 우리는 언제까지 기다리고 머물러야 할까요? 꽃소식도 벌써 임진강을 건너 북으로 갔을 텐데, 동족은 점점 더 이질화되어가니 가슴이 아픕니다. 꽃이 가고 물이 오듯 사람도 오가면 좋겠습니다.

식물의 세계

식물의 세상도 인간세계와 같습니다. 대부분 자신이 처한 환경에 만족하며 서로 다정한 이웃으로 살아갑니다. 그러나 나쁜 이웃도 있습니다. 칡, 한삼덩굴, 노란 실오라기처럼 생긴 기생식물 새삼 등이 나쁜 이웃입니다.

요놈들은 다른 이웃의 삶을 방해하고 끝내 '살인'까지 하는 혐오스러운 작자들입니다.

대추나무처럼

대추나무를 작대기로 실컷 두들겨 팼습니다. 몇 알 남지 않은 대추를 따기 위해서가 아닙니다. 대추나무는 귀하게 키우면 안 되기 때문입니다. 그저 못살게 굴어야 합니다. 대추나무에 염소를 묶어 놓는 이유도 그래서입니다. 그래야 긴장하고 본능적으로 자손번식을 위해 필사의 노력을 한답니다,

그렇게 볶여야 대추가 많이 열립니다. 괴롭혀야 잘 사는 대추나무처럼 우리네 인간도 적절한 결핍과 긴장이 중요하다는 생각입니다.

담배키스

담배의 원산지는 아메리카입니다. 인디언 전설에 따르면 아주 옛날 정말로 못생긴 처녀가 남성들로부터 사랑 한 번 받지 못하자 "저승에선 세상 모든 남자와 키스를 하겠다."는 말을 남기고 자살을 했고, 그 여성의 무덤에 피어난 풀 한 포기가 담배였답니다. 콜럼버스가 아메리카 대륙을 발견한 뒤 담배는 전 세계로 퍼졌습니다. 지금 전 세계 흡연인구가 12억 명이고 보면 인디언 처녀의 꿈은 왕창 이루어진 셈입니다.

그러나 담배는 예나 지금이나 애연가와 혐연가로 나뉘어 논란의 중심에 있습니다. 16세기 영국의 어떤 왕은 세계 최초로 금연구역을 지정했다고 합니다. 그 왕은 세계 최초로 흡연가를 참수까지 한 혐연가였습니다. 오스만제국의 어떤 왕은 흡연가 3만 명을 죽였다는 기록도 있습니다. 담배가 우리나라에 들어온 건 1600년 경입니다. 임금 중에서 광해군은 혐연가, 정조는 애연가로 알려져 있습니다. 광해군은 흡연금지령까지 선포했을 정도였다니 신하들이 임금 앞에서 담배를 피우지 못했을 건 뻔한 일. 우리네 정서에 어른 앞에서 담배를 피우지 못하는 관습이 생긴 배경인 듯싶습니다. 담배 값도 올랐는데, 인디언 처녀와 계속 키스를 하실 건지?

켜는 걸까 끄는 걸까

'아무개 님과 연애 중'

젊은 페친 중엔 자기소개 난에 이렇게 쓴 사람이 꽤 있습니다. 그들이 쓰는 언어와 철자도 낯 선 게 참 많습니다. 음식도 옷도 투표성향에서 보듯 가치관에서도 큰 차이가 납니다. 똑같은 개콘을 봐도 난 재미가 없는데, 젊은 친구들은 열광합니다. 최근 경악한 현상 중 하나가 촛불에 대한 생각의 차이입니다.

우리 기성세대는 촛불을 켜는 것으로 알지만, 요즘 아이들은 끄는 것으로 압니다. 생일 케이크의 촛불을 끄는 것만 본 것도 이유일 수 있습니다. 같은 사물을 놓고도 세대 간 커뮤니케이션 단절 현상을 극명하게 보여주고 있는 예입니다.

"민주주의는 평등사회이고, 평등사회는 각 세대마다 다른 국민"(토크빌, 프랑스 정치철학자)이라고 할 정도로 세대 간 차이가 나는 게 당연하다지만, 젊은 세대를 더 이해하고 더 알아야 하는 것은 기성세대의 '의무'입니다. 내가 SNS를 하는 것도 그래서입니다. 더구나 요즘은 통섭과 융합이 강조되는 세상입니다. 초는 켜는 것만도 아니고, 끄는 것만도 아니기 때문입니다.

나무와 나

며칠 동안 나뭇가지를 쳤습니다. 많이도 잘라냈습니다. 전지 철이 좀 지나긴 했지만 전문가의 시중을 들며 가위질을 했습니다. 여러 가지 이유로 전지를 하지만 나무 역시 '소통'이 중요하기 때문이라는 생각입니다. 비우고 버린 나무를 쳐다보며 애처로운 마음을 달래봅니다.

"나무야! 무성하던 네 사지가 꽤나 잘려 나갔구나. 네 모습이 낯설고 왜소

하구나. 그래도 끈질기게 버텨주렴. 새 순을 내밀고 나이테도 만들려무나. 네 몸이 몽땅 잘려나간 것은 아니니까, 너무 슬퍼하지 말고. 나도 너와 같을 때가 있었단다. 세상에서 핍박받고 내몰린 적이 한두 번이 아니었단다. 내 모습은 초라했고 시정잡배들의 웃음거리가 된 적도 있었다. 그래도 꿋꿋하게 버티며, 내 공과 연륜을 만들었다. 내 몸이 완전 망가진 건 아니었으니까, 너도 너무 슬퍼하지 마라."

개처럼 살리라

개처럼 살고 싶습니다. 개는 꼬리를 치면 꼬리만 열심히 칩니다. 밥 먹을 때 입만 열심히 쩝쩝거리고 잠을 자면 잠만 잡니다. 짖기 시작하면 목청껏 짖고 똥을 쌀 땐 똥만 쌉니다. 잠을 자면서 꼬리치던 생각, 밥 먹을 궁리를 하지 않습니다. 짖을 대상을 찾거나 똥 쌀 데를 찾지 않습니다.

우리 집 박이와 원이를 보면 순간순간 '지금' '현재'에만 집중합니다. 과거도 없고 미래도 없고, 일어난 일 일어날 일을 모두 잊는 견공들이 부럽기도 합니다. ^^

사학재단에서 8월 초 또 조사를 나온답니다. 지난 해, 예결산과 기본재산 실태 등을 보기 위해서랍니다. 그러고 보니 학교는 일 년 열두 달이 점검이고 조사고 감사입니다. 도둑놈 소굴도 아닌데 항상 '피'자가 붙어 다닙니다. 짜증이 납니다. 그래도 그냥 열심히 받으렵니다. 개처럼 현재 상황에 충실한 게 최고입니다.

리더의 진가

성수대교 붕괴(1994년, 32명 사망), 삼풍백화점 붕괴(1995년, 502명 사망), 대구지하철 방화(2003년, 192명 사망), 세월호 침몰(2014년, 304명 사망 실종). 우리에게 충격과 트라우마를 남긴 사건과 사고입니다. 20년 사이에 일어난 사건 사고입니다. 역사는 반복된다지만, 언젠가는 비슷한 형태로 일어날 미래의 불상사를 막으려면 가장 절실한 것은 원인규명과 교육입니다.

그리고 리더십의 문제입니다. 리더는 평상시 진가를 발휘하는 사람이 아닙니다. 리더십은 위기상황에서의 대처능력, 위기돌파능력 아니겠습니까? 일상, 평화 시에는 누구나 뭘 하더라도 다 잘 할 수 있습니다.

세월호 참사 100일째 되는 날, 출근길 머릿속 단상이었습니다.

수탉증후군 VS 난자증후군

문득 "남녀 간 차이는…" 하는 생각에 수탉증후군과 난자증후군을 서베이 해봤습니다. 우선 여성과 남성은 아주 많이 다릅니다. 앞에 보이는 범위, 즉 시야視野 또는 시각視角부터 다릅니다. 여성은 시야가 굉장히 넓고 남성은 아주 좁습니다. 여성은 고개를 돌리지 않고 관심 있는 쪽을 다 보는 반면 남성은 시야가 좁기 때문에 고개를 돌리고 두리번거리기 일쑤입니다.

머리도 다릅니다. 남성의 머리는 한 번에 하나씩One at a Time밖에 못 쓰지만 여성은 동시다발적입니다. 언어중추도 남성은 한군데. 그래서 그게 망가지면 말을 못한다고 합니다. 그러나 여성의 언어중추는 양쪽에 있습니다. 말로는 남성이 여성을 절대로 당할 수 없는 것이 바로 이 센터가 하나밖에 없기 때문이랍니다.

아~ 수컷들, 불쌍합니다.

남성들 여럿이 모여 이야기하는 걸 보면 대충 이렇습니다. 한 남성이 얘기하면 다른 사람들은 그를 쳐다보며 한 사람이 주도적으로 말하고, 밥 먹을 땐 밥만 먹고, 주제도 두세 가지로 다양하지 않습니다. 게다가 군대 이야기가 압도적입니다.

여성들은 영 딴판. 모두 다 동시다발적입니다. 삶을 주제로 한 이야기가 평균 열여덟 가지나 된다고 합니다. 먹으면서 웃으면서 수다를 떠는데 애완견

이야기가 나오면 그 모임은 대개 끝나가는 걸로 보면 틀림없답니다. 한 마디로 여성들 모임에선 듣는 사람이 없는 것 같지만 실은 들으면서 말하고 말하면서 듣습니다. 여성들이 그만큼 '소통능력'이 뛰어나다는 증거입니다.

이 같은 차이는 남성에겐 수탉증후군Cock Syndrom, 여성에겐 난자증후군 본능이 있기 때문이랍니다. 동물학자들에 따르면 수탉 여러 마리가 자기들끼리 피나게 싸워 서열이 생기는데, 우승자만이 암탉을 거느릴 자격을 갖는다고 합니다. 만약 1등이 없어지면 2등이 차지하고, 다음에는 3등이 하는 식으로. 서열 10위까지는 기억을 한답니다. 교미를 갖는 방법도 흥미롭습니다. 수탉이 암탉 한 마리하고만 계속해서 교미를 하지 않습니다. 몇 번만 하고 계속 상대를 바꿔 갑니다.

소·말·개·돼지 등 다른 동물들의 교미 방법도 똑같답니다. 그래서 동물학자들이 내린 결론은 '수놈들은 종족 번식을 위해 많은 대상에게 씨를 뿌려야지 한 대상에게만 씨를 심는 것은 비효율적'이라는 것입니다. 이렇게 숫자적으로 씨를 많이 퍼뜨리고 심어야 한다는 수놈들의 본능이 수탉증후군이라고 합니다.

3억 대 1

남성은 한 번 사정에 보통 3억 마리의 정자가 나온답니다. 임신에 필요한 건 딱 한 마리인데 정자 수가 50%(1억 5천만 마리)이하가 되면 임신이 불가능합니다. 3억 마리가 와글거려야 합니다. 3억 마리가 난자에 도달하려면 평균 두 시간을 필사적으로 달려야 합니다. 두 시간을 달리다 보니 지칠 수밖에요. 3억 마리가 거의 죽어 나가고 평균 200마리가 살아남는다는데 최근의 학설에 따르면 난자는 1등으로 도착한 놈을 택하는 게 아니라 정자가 다 도착한 후에 유전자의 우수성. 정자의 우수성을 가려내는 똑똑하고 실한 놈을 택한다고 합니다.

암컷들은 수컷끼리 싸움을 시켜 일등한 놈의 씨를 받고, 3억 마리를 두 시간 정도 뛰게 하여 골인한 200마리를 또 심사한 후, 베스트 원을 뽑는 것입니다. 이것이 암컷들의 종족번식 방법입니다. 수놈처럼 숫자를 많이 퍼뜨리는 게 아니라 베스트를 취하여 우수한 종족을 퍼뜨리는 본능, 이것이 난자증후군이라고 합니다. 과거의 치맛바람도 난자증후군으로 설명할 수 있겠습니다.

재미있게도 바지바람이란 말은 없습니다. 한 조사에 따르면 '다시 태어나면 지금의 배우자와 또 살겠느냐' 물었더니 남성들 75%가 'YES'라고 했습니다. 반대로 여성의 75%는 'NO'라고 답했습니다. 베스트를 추구하는 여성들이기 때문에 지금의 남편보다 더 베스트 남성을 원하나 봅니다.

사실 수컷들은 태어날 때만 힘든 게 아닙니다. 실생활에서도 베스트를 추구하는 난자증후군 속에서 스트레스를 받을 수밖에 없습니다. 아침도 못 얻어 먹는 젊은 직장인…. 그러면서 설거지도 해야 하고, 없는 돈에 '명품'도 사주며 아내를 최고로 대접해야 하고…. 나이 들어선 마누라 눈치 살피지 않으면 쫓겨 나는 신세라니.

아! 불쌍한 수컷들이여! 제아무리 날고뛰고 발버둥을 쳐대도 그대들은 이 미 똑똑한 난자님에게 언제 버림받을지 모를 맥 빠진 3억 마리 정자 중의 한 마 리라는 사실을 아는지 모르는지. ㅠㅠ

e—북 유감

옛 사람들은 파종한 볍씨가 발아하지 않으면 귀신이 씨나락을 까먹어서 그렇다고 생각했습니다. '귀신 씨나락 까먹는 소리'는 그래서 생긴 말입니다. 요즘 사람들은 '귀신 책장 넘기는 소리'를 듣습니다. 전자책에 밀려 종이책이 사라지고 있다는 거죠.

그러나 종이책은 다시 살아납니다. 책을 읽어본 사람은 압니다. 책은 개괄이라서 좋습니다. 밑줄과 메모도 할 수 있습니다. 접어두기도 할 수 있습니다. 눈으로만 읽는 것도 아닙니다. 온몸으로 읽습니다.

오늘 브런치는 미뤄 두었던 종이책을 펼쳐 놓고 드시는 건 어떨까요? 스마트폰 속 귀신이 책장 넘기는 소리가 아니라 사르륵 하는 종이책 넘기는 소리를 들으면서요.

비행기에서 배운다

비행기를 타면 많이 배웁니다. 이륙하는 비행기는 기체를 위로 향하더군요. 젊은이가 꿈을 향하듯 말입니다.

착륙하는 비행기는 언제나 수평입니다. 중년 이후의 삶은 평형을 이뤄야 한다는 뜻이겠죠.

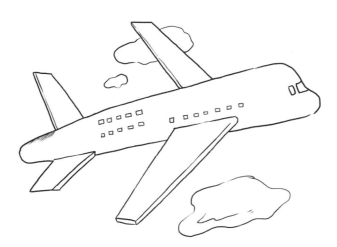

인생 3미

의미—뜻을 이뤄라
재미—흥을 높여라
풍미—맛을 즐겨라
모두 행쇼~ ^^

쇄소응대

쇄소응대灑掃應對는 쓸고 닦고 눈과 귀를 열어 부름이나 물음에 잘 응답하는 일을 일컫는 말입니다. 논어에 나오는 구절입니다.

설밑을 맞아 쇄소응대의 사명을 다하신 분─미화와 경비하시는 분들과 점심을 함께 했습니다. 한 해의 끝자락에서 고마움을 전했습니다.

"여러분의 땀이 있어 모두가 행복합니다."

글구, 이어서 시무식 첫날도 미화와 경비하시는 분들과 함께 했습니다.

"청결이 건강이고 안전이 복지입니다. 어머니 손처럼 깨끗하게 해주세요. 아버지 발길처럼 안전하게 지켜 주십시오."

모래시계

볼 수 없는 시간을 볼 수 있게끔 만든 것이 모래시계입니다. 그래서 서양 미술에서 모래시계는 죽음을 상징합니다. 물론 남은 모래가 생명이죠. 유리로 된 깔때기와 깔때기 사이의 작은 구멍을 통해 시간이 흐르고 세월이 쌓입니다. '봄날은 간다' 노래를 들으며 줄어드는 삶의 모습이 점점 빨라짐을 모래시계에서 떠올립니다. 그런데 놀랍게도 모래시계를 뒤집어 놓으면 다시 처음입니다. 맞습니다! 봄날은 다시 옵니다~ ♡

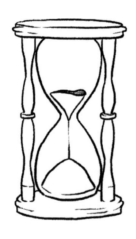

고스톱

경로당에 다녀보면 어르신들이 고스톱을 즐기는 걸 봅니다. 그 많은 놀이 중 왜 하필 고스톱일까요? 고스톱은 시계 반대방향으로 돌아가며 치는 거니까, 시간을 거꾸로 되돌리고 싶어 하는 깊은 뜻이 담겨 있지는 않나 생각해 봅니다.

그래서 '가는 걸 멈춰(Go-Stop)'라고 외치는 건 아닐까요? 이런저런 생각 끝에 어르신들이 치고 싶은 '진짜 고스톱'이 뭘까 자문해 봅니다. 아마도 앞 뒤 딱딱 맞아 떨어지는 그림처럼 신나는 여생을 상상하는 건 아닐까요?

츄카 & 캄샤

요즘은 어린이보다 '아동'이라는 말을 더 많이 쓰는 경향이 있습니다. 하지만 방정환 선생께서 사용하신 어린이는 존칭어입니다. 왼손을 펴면 5월입니다. 오른손을 펴면 5일이죠. 그래서 오늘 5월 5일은 '어린이 만세~'입니다

보석을 다듬고 미래를 밝히는 사명감으로 불철주야 땀 흘리시는 우리들의 샘! 어린이집 유치원 초등교 샘, 모든 샘, 역시 두 손을 활짝 펴 만세를 부른 후 안아드리고 싶습니다.

어린이 여러분, 츄카츄카!

선생님 여러분, 캄샤캄샤!

몸뚱아 '리'

리, 리, 릿자로 끝나는 말은 개나리… 어쩌구 저쩌구~~. 우리 몸에도 '리'자로 끝나는 곳이 많습니다. 몸뚱아 '리' 자가 붙는 머리·허리·다리·꼬리. 이렇게 위로부터 순서대로, 재밌죠?

머리는 냉정하고 명석해야 합니다.

허리는 유연하고 튼튼해야 합니다.

다리는 강건하고 근면해야 합니다.

꼬리는 분명하고 깔끔해야 합니다.

건강은 몸뚱아 '리' 자 관 '리' 부터^^♡

상생

　집 주위 야산에 도토리가 지천이어서 다람쥐도 바빠졌습니다. 겨울나기 준비로 도토리를 모으기 위해서죠. 다람쥐는 여기저기 파 놓은 굴에 도토리를 쌓아 놓습니다.

　그리곤 도토리가 쌓인 몇 개의 굴을 잊어버립니다. 거기서 도토리가 새싹을 틔우고 자랍니다. 다람쥐가 도토리를 공짜로 가져간 게 아니라는 거죠.

　도토리나무와 다람쥐의 상생에서 세상 이치를 배웁니다.

낙엽을 태우면서

초록일 때가 좋았습니다. 그땐 꿈이었던 이파리가 붉게 타오르더니 지금은 시체로 널부러져 나뒹굽니다. 이 시체들을 갈퀴로 긁어모으는 일이 귀찮을 때도 있습니다. 긁어모아 만든 시체더미에 불을 붙이면…. 아~아, 환상이 따로 없습니다.

고교 국어책에서 읽었던 「이효석의 낙엽을 태우면서」 그대로입니다. 푸슥 푸슥 연기가 피어올라 뜰 안에 자욱해지면, 향기로운 내음이 갓 볶아낸 커피 냄새 저리가라입니다. 잘 익은 개암냄새 같기도 하고. 이순을 넘긴 이 나이에도 어릴 적 감동이 가슴에 출렁입니다.

어쩌나요, 또 다른 삶의 의욕까지 맹렬히 솟아오릅니다.

호떡

겨울 간식으로는 호떡이 제격입니다. 생긴 건 같은데 값 차이가 많이 나는 게 호떡입니다. 천 원에 세 개짜리도 있는가 하면 한 개에 3천 원짜리도 있습니다. 이유는 속에 뭘 넣느냐에 있지요. 그냥 설탕만 넣느냐, 최고급 견과류와 꿀을 넣느냐에 따라 다릅니다. 겉으로 봐선 모르지요.

그러고 보니까 호떡이나 사람이나 같네요. 잘 구워진 호떡이 먹고 싶습니다.

태산등정

양사언이 '태산이 높다하되 하늘 아래 뫼이로다'라고 노래하고, 공자가 '등태산이소천하登泰山而小天下(태산에 오르니 세상이 작아 보인다)'라고 말한 산, 바로 그 산 정상에 올랐습니다.

버스를 타고 중턱에 내려 7,700개 돌계단을 젖 먹던 힘까지 보태 지겹게 걸어 드디어 해발1,545m 극정에 도달했습죠. 이름만큼 높진 않았지만 태산은 중국 5악(동서남북중) 중 하나인 동악. 역대 황제들이 하늘의 뜻을 받드는 제를 지낼 정도로 영험한 산이라네요. 기가 센 태산에 올라 정기를 듬뿍 받았습니다. 물론 속으로 기도도 세게 했죠.

살짝 내리는 이슬비 몇 방울을 맞으니 기분도 최오!!! 조쿠나, 조아~^^ 속설을 믿어서가 아닙니다. 그냥 몬가 이루어질 거 같은 예감입니다~ㅋㅋ

황금기

『나이듦이 고맙다』라는 책 읽어보셨나요? 김동길 교수(87세)가 지은 이 책에 자꾸 눈길이 가서 함 읽어보고 추천합니다. 책을 읽으면서 김형석 교수(96세)의 말씀도 생각났습니다.

"나이 50이 넘으면 기억력이 감소한다. 그 대신 기억력보다 몇 배 중요한 사고력이 자란다. 경험과 경력이 융복합되기 때문이다. 내가 살아 보니까 60세부터 75세까지가 제일 좋았던 거 같더라"

그렇다면 저는 지금이 황금기네여 ♡

노루를 기다리며

버드나무의 봄

　오늘은 24절기 중 마지막인 대한입니다. 소한에 언 얼음이 대한에 녹는다는 옛말이 있습니다. 대한 다음의 절기가 입춘이니 밖은 추워도 땅 밑은 벌써 봄을 이야기하고 있을 겁니다. 땅 위에서도 버드나무가 곧 봄을 알리겠죠. 버드나무에 봄이 빨리 오는 이유는 뿌리가 깊고 세심한 까닭입니다.

　버드나무가 봄을 알리듯 우리들 마음에도 봄이 어서 오면 좋겠습니다. 따뜻한 마음이 봄인데. 봄의 전령은 어디에 계신가요? 그러고 보니까 제 성이 버들 류柳자네요. ㅋㅋ

아름다운 비행

요즘 파주 하늘엔 새들로 장관을 이룹니다. 몽골이나 시베리아에서 온 기러기와 청둥오리 등 겨울철새입니다. 그들은 절대 함부로 날지 않습니다. 리더가 앞장서면 ㅅ자를 그리며 날아갑니다. 왜 ㅅ자인지 아세요? 공기의 저항을 줄여 멀리 가기 위해섭니다. 리더의 지도력과 솔선수범으로 조직 전체가 힘을 덜 들이고 아름다운 비행을 하고 있는 겁니다.

겨울 철새에서도 이렇게 배울 점이 있죠.

춘래불사춘

우수 경칩이 지났습니다. 절기 상 봄이 온 거지요. 하지만 호수엔 얼음이 깔렸고 바람은 청양고추처럼 맵습니다. 봄이 왔지만 봄 같진 않다는 말이지요. 춘래불사춘春來不似春입니다.

중국 최고의 미인은 왕소군王昭君입니다. 한漢의 궁녀였는데 정치적 결혼으로 흉노의 왕에게 보내졌습니다. 흉노 땅은 지금의 몽골 고비사막입니다. 풀이 없고 날씨가 추워 봄이 와도 꽃을 피우지 못합니다. 그러니 봄이 온들 봄 같진 않았을 겁니다. 그래서 나온 말이 춘래불사춘입니다.

구제역으로 축산인들의 가슴을 찢더니 임진강 조준 타격이라는 흉흉한 소문이 들립니다. 이슬람권 정치 불안으로 기름 값이 오릅니다. 정치권 · 종교계 · 지역민 모두가 이기주의로 편 가르기에 정신이 없습니다. 모두가 언 가슴으로 살아갑니다.

춘래불사춘입니다. 하지만 봄은 반드시 옵니다. 땅도 녹고 꽃도 핍니다. 연장을 고치고 비옷을 준비해야 합니다. 축사에서는 다시 소 돼지 울음소리가 들리고 자유로엔 차들이 넘칠 겁니다. 시민들 가슴이 봄기운으로 가득할 겁니다. 봄이 와서 봄 향기가 넘치듯 말입니다.
춘래람춘향春來濫春香입니다.

개구리 소리

경칩이 지난 지 한참 지났지만 아직 개구리 소리를 듣지 못했습니다. 그런데 며칠 전 법원읍에 사시는 어느 분이 개구리 소리 이야기를 해줬습니다. 엄청나게 많은 개구리들이 알을 까고 시끄럽게 운다고 합니다. 지난해보다 개구리숫자가 더 많이 늘어났다는 겁니다.

개구리는 청정지역에서 삽니다. 오염된 지역에서는 개구리가 살 수 없습니다. 그동안 친환경 농업을 펼친 결과가 아니냐고 그분은 묻습니다. 원인이야여러 가지겠지만 참으로 반가운 소식입니다. 개구리나 메뚜기 또는 물고기가많아지면 새가 몰려오고 자연이 더 건강해지죠. 그건 곧 인간이 살기에 좋은 땅이 된다는 증거가 되니까요.

파주 벌판 곳곳에서 개구리들의 멋진 화음이 들리면 좋겠습니다. 산새들의 구성진 노래가 울려 퍼지기를 기대합니다. 자동차·TV·휴대전화·컴퓨터·각종 기계들의 소리에 익숙하던 귀가 맑게 씻긴다면 얼마나 좋을까요. 오늘은 일부러 시간을 내서 논길을 걸어보려고 합니다. 긴 겨울잠에서 깬 개구리소리를 들으면 봄을 더 빨리 느끼겠지요.^^

자유로

'폭우 덕분'에 생긴 도로랍니다. 때는 1990년 9월 10일 새벽. 행주대교 근처 한강 둑이 터졌습니다. 파주 고양 일대는 물바다로~~. 그래서 생긴 수재민 수용소에 노태우 전 대통령이 방문했습니다. 대통령을 수행한 이재창 경기도지사는 도로겸용 제방건설 아이디어를 냈고, 때마침 응급복구지휘현장에 나와 있던 정주영 현대 회장이 찬성했습니다. 토목공사는 공병대에, 포장은 토개공에 맡겨졌습니다.

교하 노 씨 대통령과 교하 출신 도지사의 합작품. 난 오늘도 자유로를 달립니다. 자유로 위에서 한 컷!! 파주 선배님들, 감사요~~^^

여성도시

파주는 군대가 많습니다. 그래서 남성도시라고요? 아닙니다. 영조의 맘 최숙빈, 윤원형의 애첩 정난정, 조선 최고의 러브스토리 주인공 홍랑, 율곡의 맘 신사임~ . 역사적 '쎈 인물'들이 파주가 여성도시임을 말해줍니다. 여성도시 시장에 이어 여자대학 총장까지.

캬~~ 난 역시 복 받은 놈입니다.

북향화

　　목련꽃 피는 계절입니다. 청초하면서도 화사함으로 사람들의 사랑을 받는 목련을 북향화라 부르기도 합니다. 만개하기 전 꽃봉오리가 북쪽을 향한다고 해서 붙은 이름입니다. 북쪽을 향해 머리를 돌리고 있다가 일제히 활짝 피는 목련. 통일을 염원하는 우리 민족과 닮았다는 생각이 듭니다. 그런 면에선 통일도시 파주의 시화市花로도 적격일 거 같습니다.

　　코스모스 보단 나을 거 같기도 해서요~^^

브랜드

달군 쇠로 가축이나 가죽 또는 나무에 표시하는 것을 브랜드라고 했습니다. 오늘날엔 고유상표를 의미합니다. 삼성·코카콜라·하버드처럼 브랜드 가치가 클수록 일류임은 말할 것도 없죠. 도시도 마찬가지입니다. 뉴욕·파리·런던·도쿄의 브랜드 가치는 대단하거든요.

한때 치솟던 고향 파주의 브랜드 가치가 계속 올라가면 좋겠습니다. 다시 쇠를 달궈야 하는지는 모르겠습니다만.

흐르는 것은 저러하구나

"흐르는 것은 저러하구나." 자유로를 달리며 유유히 흐르는 강물을 바라볼 땐, 공자의 말이 생각나곤 합니다. 그런데 오늘은 왠지 2013년 1월 30일 조선일보에 실렸던 「할애비강, 그 아름다운 新生」이라는 나의 수필이 읽고 싶습니다.

저장해 놨던 스크랩을 꺼내봅니다. '한강과 임진강은 저렇게 흐르는구나~'라는 독백과 함께요.

뿌리

'부재는 현존을 더 드러낸다.'

즉, 없는 게 있는 것을 더 잘 보여준다는 말입니다. 그리움이 결핍에 대한 갈구이듯, 오월의 마지막 날에 파주가, 파주 사람이, 파주 막걸리가 더 그립습니다.

요즘 파주는 안녕하신지? 등 뒤에서 들리는 몇몇 쪼가리 소식이 있기는 하지만 엉뚱한 데만 긁는 마누라의 등 긁기처럼 영 시원치가 않습니다. 경기가 어렵다는데 자영업이나 기업하시는 분들이 걱정입니다. 또 FTA로 손해 보신 농축산인은 없는지, 물가·집값 걱정하시는 주부들은 얼마나 많을지, 한때 시정을 책임졌던 나로서는 모든 게 걱정이고 염려입니다.

어느 새 논마다 모가 예쁘게 자랐습니다. 곧 장마가 시작되고 무더위가 올 텐데 올 여름은 파주시민 모두가 무탈하기를 기도합니다. 몸은 떠나있지만 마음은 여전히 파주입니다. 그래서 고향은 뿌리인가 봅니다.

두루미도시

브랜드의 시대입니다. 브랜드는 이미지입니다. 파주의 이미지는 뭘까 생각해 봅니다. DMZ나 임진각 또는 판문점 정도입니다. 하지만 그것들은 대체로 부정적 이미지입니다. 언젠가는 없어질 이미지이기도 합니다. 긍정적이고 장기적인 이미지를 만들어야 합니다.

겨울이 오면 천연기념물 제203호인 재두루미 수백 마리가 파주에 옵니다. 탄현면 성동리, 문산읍 내포리, 군내면 백연리 일대에 2~3백 마리가 집단으로 서식합니다. 세계적 재두루미 집단 서식지입니다. 그러나 이들 중 70~80%는 10여 일 동안만 파주에 머물다 일본 카고시마현 이즈미시로 날아갑니다. 겨우 30~40마리만 남아 월동할 뿐이죠.

언젠가 TV프로그램에서 이즈미시 시장의 인터뷰를 들은 적이 있습니다. "이즈미시는 이제 두루미가 포화상태다. 한국의 문산에 새로운 서식지를 만들면 좋겠다." 일본 작은 시의 시장도 파주의 가치를 아는데 정작 우리는 모르는 것 같습니다.

계 탄 날

모교 심학초교 동문 체육대회 날, 전체동문 이름으로 주는 '자랑스러운 심학인 상'을 받았습니다. 파주시장 때 모교의 명예와 위상을 드높였다 해서 받은 상입니다. 그것도 '제1호'라 정말 기쁩니다. ^^

더욱 잘하라는 채찍이겠지만 암튼 오늘은 계 탄 날!ㅎㅎ

응칠교를 걸으며

응칠應七은 안중근 의사의 아명입니다. 웬 안중근 의사냐고요? 출판도시에 있는 다리 이름 때문입니다. 출판인들이 모여 출판도시를 계획할 때, 건축가 승효상 씨와 함께 도시의 방향과 지향점을 정해야 했는데, 안중근 의사의 정신을 잇자는 거였지요. 그래서 도시 내 가장 큰 다리를 '응칠교'라고 한 겁니다.

2010년에 안중근 의사 서거 100주년 기념으로 응칠교 답교행사가 있었습니다. 그때 축사에서 한 말이 생각납니다. "응칠교가 분단이 통일로, 고통이 편안함으로, 전쟁이 평화로 가는 다리, 역사와 평화와 문화를 잇는 다리가 되기를 바랍니다."

안중근 의사 서거 101주년 기념일입니다. 태어났을 때 가슴에서 배까지 일곱 개의 점이 있어 할아버지께서 응칠이라고 이름 지었다지요. 꽃샘추위 바람이 부는 오늘 응칠교를 걸으면서 그분이 원했던 평화가 세상에 넘치기를 기대해 봅니다.

파주의 걷는 길trail

걷기 열풍입니다. 인간은 걷도록 진화했습니다. 따라서 걷기는 본능입니다. 제주 올레길을 시작으로 우리나라도 걷기문화가 트렌드로 자리 잡았습니다. 파주도 일찌감치 걷는 길을 만들었습니다. 바로 심학산 둘레길입니다. 시장 재임 시 아이디어를 내서 만든 건데 인기가 대단합니다. 거리(6.8km)도 적당하고 풍경도 멋지고 도시와 가까워서 더 좋다고 합니다. 운동은 물론 나들이 코스로도 그만입니다.

둘레길 뿐만 아니라 다양한 길을 개발하면 좋겠습니다. 중국을 오가던 연행길(혜음령~임진나루), 율곡과 우계가 오가며 학문을 논하던 기호학파길(율곡리~쇠꼴마을), 철책을 따라 걷는 평화누리길(한강~임진강), 수만 평 갈대의 장관을 보는 갈대둑방길(공릉천 하구 제방), 철새들의 모습을 탐조하는 철새길, 삼국시대 산성을 연결하는 옛산성길(관미성~월롱산성~봉서산성~칠중성) 등 많은 콘텐츠가 있습니다.

걷기를 좋아하고 길을 사랑하고 역사를 되새기며 자연을 가꾸는 모임을 만들어 파주가 전국에서 가장 걷기 좋은 도시이기를 희망합니다.

걷는 길 좋아하는 분들 "줄을 서시오!"

정직한 바보

　　파주시장 퇴임 후 스스로를 뒤돌아보며 성찰할 기회를 가졌습니다. 많은 걸 느끼고 생각하며 지냈습니다. 시민들을 대함에 있어서 더 낮은 자세로, 더 겸손하게, 더 가까이, 더 뜨겁게 다가가지 못했던 점에 대해선 뼈저린 반성의 시간도 가졌습니다. 맑고 투명하며 정직한 것보다 더 좋은 덕목은 없다는 사실도 재삼 확인했습니다. 정직하면 부정한 일을 꾸밀 수가 없기 때문입니다. 명분과 도리에서 벗어나 사사로운 이익을 꾀하기 위해 거짓말을 할 수는 없습니다. 순간을 모면하려고 얼렁뚱땅 '좋은 게 좋다'는 식의 말장난도 하기 힘듭니다.

　　그래서 늘 정직한 '바보 류화선'이 되려고 합니다.

경계의 위험

　네팔의 지진 피해가 큽니다. 애도의 마음과 함께 빠른 복구를 기원합니다. 네팔은 인도판과 유라시아판 지층이 만나는 경계, 흔들리는 땅에 있습니다. 그래서 히말라야 산맥이 생겼고 지진의 위험이 높습니다.

　흔들리지 않는 땅이라는 것만으로도 대한민국은 축복받은 나라입니다. 다만 남과 북으로 나뉜 '경계의 위험'이 문제입니다.

　파주가 평화도시 역할을 해야 하는 이유이기도 합니다.

살아 파주 죽어 파주

인구에 회자하는 말 중에 '생거진천 사거용인'이 있습니다. 설화가 와전된 것이긴 해도 살아서는 진천, 죽어서는 용인 땅이 좋다는 말로 쓰입니다. 그러나 살아서도 죽어서도 좋은 땅이 있습니다. 바로 파주입니다. 살아서는 자연 문화 교통 경제 등 최적의 여건을 갖춘 곳이 파주거든요.

공순영릉·장릉·소령원 등 왕릉이 많은 걸 보면 죽어서도 파주가 분명합니다.

더덜매

조선 최고의 화가 겸재 정선은 임진강 뱃놀이를 그림으로 남겼습니다. 임진강 뱃놀이는 고려, 조선 시대의 왕이나 사대부들이 즐기던 행사였습니다. 적벽 아래 사이를 흘러간다 해서 더덜매라고도 불리는 임진강이 경치가 빼어났기 때문이죠.

지금은 분단의 현장이 되어 맘대로 들어갈 수 없는 더덜매. 겸재의 그림 현장을 감상하며 뱃놀이할 수 있는 그날을 염원해 봅니다.

평등정자

파주 임진강변에는 황희 선생이 말년을 보낸 정자 반구정이 있습니다. 한 강변에는 한명회의 압구정이 있습니다. 둘 다 갈매기와 가까이 함께 한다는 뜻의 정자입니다. 그러나 한자 풀이로 본 압구정은 상하관계의 '차별적 가까움'인데 반해 반구정은 '평등적 의미의 함께'입니다.

한명회와 황희의 삶도 이와 일치합니다. 임진강 하류의 반구 평등정자에서 갈매기와 벗하며 참정치를 염원한 황희 선생을 닮고 싶습니다. 더구나 황희 선생과 나는 생일이 같은 인연이 있죠. 음력 2월 10일. 1360년 황희 선생이 태어난 지 588년이 지난 후, 같은 날 내가 태어난 걸 보면 황희 선생처럼 깨끗하게 살라는 뜻이 아닌가 싶습니다.

파주거사

이이·성혼·송익필은 조선시대 파주가 낳은 기호학파의 거두들입니다. 파주3현으로 불리는 그들은 파주의 지명을 따서 호를 지은 공통점을 갖고 있습니다. 이이의 호 율곡은 고향인 파평의 밤골(율곡리)에서, 성혼의 호 우계는 그가 자란 법원의 쇠꼴(소의 골짜기)을 한자로 풀어 쓴 것이죠. 송익필의 구봉도 그의 고향인 교하 심학산에서 유래한 호입니다. 심학산은 거북의 등같이 생겼다 해서 옛날엔 구봉산으로 불렸습니다. 중국 송나라 때 소식이라는 시인의 호도 그가 관직을 맡았던 지역의 명칭(동파)을 써서 동파거사, 소동파라 했습니다.

내게도 호가 있습니다. '파주'입니다. 파주에서 태어나 파주에서 시장도 했으니까요. 괜찮죠? 파주거사, 류파주. ㅋ

기회의 땅

미국 사우스캐롤라이나주에서 백인 청년이 성경공부 중이던 흑인에게 총을 쏴 아홉 명의 목숨을 앗아간 사건이 있었습니다. 얼마 전 이 사건의 재판에서 유족들이 보여준 용서의 메시지가 가슴을 뭉클하게 만들었습니다.

"너는 내가 알고 있는 가장 아름다운 사람들을 죽였지. 내 살점 하나하나가 다 아프다. 그러나 우리는 너를 위해 기도한다. 너를 용서한다. 증오는 결코 사랑을 이길 수 없기에…."

분단도 미움의 표시입니다. 그래서 파주는 화해와 용서, 그리고 평화와 공존으로 가는 사랑의 땅이어야 합니다. 통일과 기회의 땅 파주!

고인돌

대한민국은 '고인돌 나라'입니다. 세계 고인돌의 절반이 우리나라에 있습니다. 그래서 세계에서 인정한 문화유산이기도 합니다. 고인돌하면 강화·고창·화순을 떠올리지만, 사실은 파주를 빼놓을 수 없습니다.

덕은리·청석리·심학산 등에 고인돌이 널려 있습니다. 더 대단한 것은 파주에는 고인돌 마을까지 있다는 사실입니다. 상지석리는 윗괸돌말이고, 하지석리는 아랫괸돌말입니다. 청동기시대부터 사람 살기에 가장 좋았던 곳이 파주라는 증거 아니겠습니까?

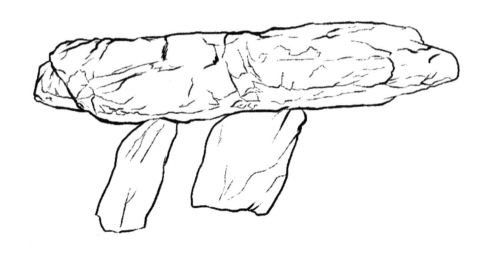

미래도시

세계적인 북시티 파주출판도시는 건축가 승효상 씨가 설계할 때 세 가지 정신을 담았다고 합니다. 자유·자연·여백이 그것입니다. 랜드마크 없이 모든 건물들이 각자 주체적이고 독립적인데, 바로 자유의 정신을 살린 것입니다.

다음은 자연인데, 기존의 습지와 자연지형을 그대로 살려서 도시구조를 만들었습니다. 여백은 공간을 다 채우지 않고 비워둠으로써 여유로움을 추구했습니다. 자유·자연·여백의 정신은 '미래도시 파주'에도 그대로 적용해야 할 가치입니다.

전화위복의 땅

새옹지마塞翁之馬라는 말이 있습니다. 옛날 중국 북쪽 변방에 사는 노인(새옹)이 갖고 있는 말이 바로 새옹지마입니다. 이 말이 복이 되기도 하고 화가 되기도 해서, 전화위복을 뜻하는 고사성어가 되었답니다.

파주는 남한 땅 북쪽 변방이었습니다. 그래서 파주시민을 새옹으로 비유한다면 그 시민들의 땅은 새옹지마입니다. 군사보호 등 이런 저런 규제의 그물망이 쳐져 있는 변방의 땅(새옹지마). 한때 잘 나갔던 것처럼 이제 다시 기회의 땅(전화위복)이 될 것입니다. Great PAJU Again! A-men.

물푸레 회초리

파주에는 멋진 물푸레나무가 두 그루 있습니다. 적성 무건리에 있는 천연기념물 물푸레와 교하 다율동 지정보호수 물푸레가 그것입니다. 특히 다율동 물푸레는 아파트가 세워질 때 설계를 변경했을 정도로 유명합니다.

물푸레는 단단하기 때문에 과거에는 화살대 창대 등을 만들었고, 요즘에는 고급가구 골프채 야구배트 등의 재료로 쓰입니다. 그리고 옛날에는 물푸레 육모방망이와 물푸레회초리를 만들어 사법과 교육을 바로 잡았다고 합니다. 그래서 걱정이 하나 생겼습니다. 정치와 행정을 바로 잡는다며 파주 물푸레나무를 베어가는 사람이 나오면 어쩌나요? ㅎ

네이밍

파주엔 원래 예쁜 마을 이름이 한자로 바뀌면서 이상하게 되어버린 마을이 있습니다. 대표적인 곳이 야동동과 발랑리. 야동동은 풀무골의 한자 표기이고, 발랑리는 바람골이 그렇게 바뀐 경우입니다.

하지만 예쁜 한자표기 마을 이름도 있습니다. 그중의 최고는 연다산리일 겁니다. 연기가 피어나듯 낮은 산들이 많다는 연다산리. 참 예쁘지 않습니까? 사람이나 마을이나 회사나 학교나 국가나 이름이 참 중요하다는 생각입니다.

농심

비가 오는가 했더니 병아리 오줌만도 못했습니다. '가뭄에 콩나듯'한 비소식도 아직은 깜깜입니다. 타는 목마름으로 하늘을 올려다보는데, 우리 집 앞의 공릉저수지가 속살을 내밀고 갈증을 호소합니다. 농민들을 생각하면 먹고 마시는 것조차 망설여집니다. 농심은 천심이라는데 하늘이 감동하게 기우제라도 지내는 마음으로 기도드립니다.

농민 여러분의 마른 가슴에 촉촉한 단비를 내려 주십시오. 주룩주룩 굵은 빗줄기를요. 간절히 원하옵나이다. 아~멘!

털레기

사흘째 집에서 뒹굴다 보니 한여름 보양식 생각이 절로 납니다. 삼계탕·생맥산·민어·장어·낙지. 예부터 '1개 2닭 3소'라 했으니 여름엔 아마도 보신탕이 으뜸일 겁니다. 그러나 내 고향 파주에는 '털레기'라는 것이 있습니다. 털레기란 이것저것 다 털어 넣는 음식이라 해서 붙여진 이름이라는 게 다수의 설이고, 음식을 남기지 않고 다 털어 먹는다는 이북 말에서 유래했다는 게 소수설입니다.

털레기의 레시피가 뭐냐고요? 여름엔 개울에서 잡은 민물고기에 고추장을 풀어 국수나 수제비를 넣어 끓입니다. 가을엔 논에서 잡은 미꾸라지로 고추장추어탕을 만드는데 역시 국수나 수제비를 넣습니다. 겨울엔 민물고기나 미꾸라지 대신 김장김치를 씁니다. 그래서 털레기의 종류도 국수털레기·김치털레기 등등으로 불립니다.

"거~ 어디 털레기 하는데 없는 겨?"

한여름 아침 비까지 내리니 털레기가 더 그립습니다.

헤이리

예술마을 헤이리가 있습니다. 파주에 있습니다. 파주 사람들이 자랑하는 마을입니다. 서울 등 외지사람이 많이 찾는 곳으로 유명합니다. 근데 헤이리가 무슨 뜻인가요? 묻는 사람이 많습니다. 엊그제 그곳에 다녀온 어느 교수님도 내게 물었습니다.

헤이리라는 지명은 지금의 헤이리와 가까운 마을인 금산리 두레농악의 후렴구에서 따왔습니다. 모내기나 회다지 때 선소리꾼의 선창에 이어 일꾼들이 '얼쑤 좋다 헤이리(또는 헤이야)'라고 추임새를 넣습니다. 지역의 전통 민요에서 예쁜 마을 이름을 지어낸 지혜가 돋보입니다.

장명등

우주 공간을 리얼하게 그린 영화 '인터스텔라'가 인기입니다. 이 영화를 보면서 박중손의 장명등이 생각났습니다. 조선 세종 때 오늘날의 기상청장을 지낸 박중손의 묘역을 장식한 장명등이 우주를 이미지화했기 때문입니다. 장명등의 네모난 창은 땅을 상징하고, 원형과 반달형은 각각 해와 달을 상징합니다. 아주 독특하고 아름답습니다. 보물 제1323호로 지정된 이유입니다.

그런데 이 보물이 파주(탄현 오금리)에 있습니다. 600년 전에 벌써 우주과학의 기초를 다지고 천체를 연구한 파주의 조상, 박중손! 참 놀랍습니다. 완전 헐~입니다다요! 파주사람들, 자부심을 가질만합니다.

삼세번

중국 사람들은 숫자 8을, 서양에선 7을 좋아합니다. 우리는 3입니다. 내기도 '삼세번' 해야 직성이 풀립니다. 의사봉도 세 번 두드려야 합니다. 간장·고추장·된장 등 3장이 음식문화의 기본을 상징하기도 합니다. 한글도 天(·), 地(ㅣ), 人(ㅡ) 셋을 본 떠 만들었습니다. 3·1독립 선언문도 33명 이름으로 나갔습니다. 삼위일체, 하나님도 성부·성자·성령의 세 위격位格을 가집니다. 솥鼎도 세발솥이 가장 안전합니다.

숫자 3은 이렇게 완벽·완성·안전을 뜻합니다. 그러고 보니 파주는 완벽 완성 안전의 상징지역입니다. 조선 성리학의 세 기둥 율곡 이이, 우계 성혼, 구봉 송익필은 파주 삼현3賢입니다. 정치의 황희, 의학의 허준, 군인의 윤관은 파주 삼성3聖입니다. 쌀·인삼·콩은 파주 삼백3白입니다. 공순영릉은 파주 삼릉3陵. 또 있습니다. 세 가지 보물, 파주삼보 말입니다. 뭔지 아시나요?

답을 맞히시는 분께는 이 추운 날 따뜻한 커피 한 잔 대령할 참이오~^^

노루를 기다리며

우리 집은 노루골에 있습니다. 장곡리의 장獐자가 노루 '장'자입니다. 흰 눈이 쌓인 새벽, 한참을 집 마당에서 서성였습니다. '혹시나 간밤에 노루 발자국이라도' 하는 생각에 이곳저곳을 둘러 봤습니다.

'혹시나' 했던 내 기대는 '역시나'로 끝났습니다. 노루 발자국 하나 없이 무심히 쌓인 하얀 눈. 이내 한숨이 나옵니다. "에라 모르겠다. 그냥 내버려두자. 내일 아침에는 또 몰라, 그놈 발자국이 생길지."

펑계치곤 괜찮지요? 이웃 여러분. ^^

말의 도시

아침에 광탄 박달산에 올랐습니다. 유일레저에 말들이 보입니다. 이 동네가 마장馬場리라는 걸 새삼 확인합니다. 조선시대에 '군마 운동장'이 있었다는 곳입니다. 그러고 보니 파주엔 말마馬자가 들어간 동네가 많습니다.

문산의 마정馬井리는 말 마자에 우물정자니까 '말 우물'이 있었을 테고. 적성의 마지馬智리와 설마雪馬리는 당나라 장수 설인귀와 관련된 전설이 전해집니다. 마지리는 마제馬蹄리가 발음하기 좋게 바뀌었다는 설도 있고, 설마리는 설인귀의 것이었는지는 몰라도 말이 감악산을 헤집고 다녀서 생긴 이름이라고 합니다.

馬자 동네는 또 있습니다. 시청이 있는 아동동의 옛 이름은 마무馬戌리. 여기서 파발마를 길렀답니다. 파주읍의 마산馬山은 조선시대 사신이 중국으로 갈때 말을 바꿔 타는 말역이었다고 합니다. 그래서 옛 지도에는 마산역馬山驛으로 나와 있습니다. 풍수에서는 말(짐승)이 살기 좋은 곳은 사람도 살기 좋은 명당이라고 합니다.

파주개성인삼축제 1

2004년 10월 즈음, 파주시장 선거에 출마해 선거운동 중이었습니다. 생활개선회 파주맘들이 모여 있다는 전갈을 받고 파주시 농업기술센터에 들렀습니다. 파주의 맘들 30여 명이 인삼치즈잼·인삼약과·주악·인삼김치·인삼과자, 샐러드, 막걸리 등 자신들이 만든 인삼음식을 시식 중이었습니다. 마침 배가 출출했던 탓에 이것저것 허겁지겁 집어 먹었습니다. 참 맛있게 먹었던 기억이 아직도 생생합니다.

그때 '지역농산물 개발 음식'에 열을 올리던 파주맘들에게 "내가 당선되면 인삼축제를 하겠노라"고 약속했습니다. '파주개성인삼축제'는 그렇게 해서 시작됐습니다.

파주개성인삼축제 2

　　조 아무개 영감이 있었습니다. 개풍군에 살던 그는 6·25때 뿔통으로 만든 옛날 담배갑에 인삼 씨앗을 숨겨 남南으로 내려옵니다. 가져온 씨앗으로 강화에서 종삼을 키우는데 성공한 뒤 강화→김포→포천으로 옮겨가며 인삼농사를 지었습니다.

　　조 영감의 인삼은 철원을 거쳐 파주까지 오게 되어 개성인삼의 고장 장단 지역으로 귀향, 6년근 파주개성인삼으로 정착하기에 이릅니다. 인삼농사는 옮겨 다닐 수밖에 없습니다. 조 영감의 경우 농지 임대료가 싼 곳을 찾아다녔을 테고, 더구나 인삼은 연작장애로 인해 한 번 수확한 땅에서는 10년을 기다려야 다시 재배할 수 있습니다.

　　한때 100만 평이 넘던 파주 인삼 밭도 현재 80여만 평으로 줄어들고 있으니 안타깝기만 합니다.

파주개성인삼축제 3

　　파주개성인삼축제를 시작할 때의 일입니다. 파주에서 개성인삼축제를 한다니까 포천시에서도 인삼축제를 하겠다며 맞불을 지폈습니다. 그들은 파주시에선 개성인삼이라는 말을 쓰지 말라고까지 했습니다. 이유인 즉 개성인삼조합이 있는 포천시에서 생산하는 인삼이 개성인삼이라는 주장이었습니다. 그런 얼토당토하지도 않은 억지 주장에 대해 나는 이렇게 응수했습니다.

　　"예컨대 서울 사람이 부산에 가서 '서울병원'이라는 간판을 단 병원에서 애를 낳으면 그 애가 부산 출생이냐? 서울 출생이냐?"고. 포천시와 이렇게 갈등을 빚자 경기도는 파주시와 포천시가 함께 공동으로 인삼축제를 벌이면 어떻겠느냐는 말도 안 되는 제안을 해온 적도 있었습니다. 제기랄! 그것도 아이디어라고 내 놓고 있으니 허… 참… 헐!

장단콩축제

연천지역에서 군 생활을 했던 예비역 대령 한 분이 있었습니다. 그는 콩농사로 크게 성공한 뒤 민통선 안에서 콩농사를 짓게 해 달라고 박정희 대통령에게 편지를 썼습니다. 이렇게 해서 1974년 파주 장단지역 DMZ에 콩 단지가 만들어졌습니다.

장단지역은 물 빠짐이 좋은 마사토질에다 일교차가 커서 콩 재배의 적지입니다. 장단콩은 예부터 임진강쌀 개성인삼과 함께 임금님 수라상에 오르던 장단삼백三白 중 하나입니다. 대한민국 대표 콩, 그 장단콩이 제자리를 찾은 데는 그 분의 공이 큽니다. 파주 임진각 광장에서 열리는 장단콩 축제날, 혹시 대령님 오셨습니까?

파주의 아들 허준

허준이 지은 의학서『동의보감』이 얼마 전 국보 319호로 지정됐습니다. 2009년 세계기록문화유산으로 지정된데 이어 겹경사가 난 거죠. 그런데 허준의 고향이며 강 건너 무덤도 있는 파주에서는 축하행사 하나 없으니. 참 아쉽네요. 쩝~!

어느 군에서 약초축제를 한다는 뉴스를 접했습니다.『동의보감』저자 허준이 생각났습니다. 소설 드라마 등으로 그의 출생지가 논란이 된 적이 있는데, 그는 분명 파주사람입니다. 묘소가 파주(민통선내)에 있다는 게 그 증거입니다. 옛사람은 죽으면 고향 선영에 묻혔습니다. 귀양지에서 죽은 자를 빼면 다 그랬습니다. 양천 허 씨여서 양천 출신? 본관은 성姓씨 시조의 고향일 뿐, 허준의 고향은 아닙니다.

그의 아들(허겸)이 파주목사를 지낸 것도 우연이 아닐 겁니다. 그래서 약초축제는 허준의 고향인 파주에서 하는 게 맞다고 봅니다. 파주개성인삼축제 때 '허준약초시장' 좌판을 함께 벌여도 쥑일 것 같고, '파주허준종합병원'도 하나 생기면 따봉일 텐데 말입니다~^^

10 · 4 파주수복일

'10 · 4 파주수복일' 생소하게 들릴지 몰라도 1950년 6 · 25 당시 울 파주가 인민군 치하에서 벗어난 날입니다. 유엔군과 국군이 인천상륙작전(9. 15)을 성 공하고 '9 · 28 서울수복'을 한 후 파주 북쪽으로 인민군을 몰아내는데 또 일주 일이 걸린 셈입니다.

요즘 젊은이들이라면 "그까이꺼 그냥 대~충 치면 10분이면 되겠구만 몰 그런 걸 몇 주일씩이나 걸리고들 그래?"라고 할지도 모릅니다. 그러나 "이 친 구들아, 그땐 LTE시대가 아니었잖아~!"

대한민국 젤 비싼 도시

파주는 땅 덩어리가 넓습니다. 서울시에 안양이나 과천시를 더한 넓이입니다. 크기도 크기지만, 파주는 대한민국에서 가장 비싼 도시입니다. 뭔 뚱딴지 같은 소리냐고요? 함 들어보시라. 우리나라 통용지폐단위의 합은 66,000원. 지폐에 새겨진 인물 중 5만 원 권(사임당)과 5천 원 권(율곡)의 합은 55,000원. 전체 지폐의 83%를 차지합니다.

사임당이 강릉사람이라고요? 아니, 아니, 아니오. 파주사람입니다. 시집가면 호적이 바뀌지 않던가요? 고로 파주는 대한민국 도시 중 가장 비싼 도시입니다요~^^

미래지향형 이름

전국의 230여 시·군 중 파주坡州처럼 고을 주州자가 들어가는 이름은 많지 않습니다. 행정구역은 2천 년 전, 신라 때부터 사용했는데, 州자는 조선시대의 경우 전략지역에만 붙였다고 합니다. 지금도 州자를 붙인 시·군은 전국을 통틀어 20곳에 불과합니다.

파주의 坡는 언덕이나 제방을 뜻합니다. 바로 지형의 모양을 딴 글자입니다. 경주 전주 원주 등의 한자가 모두 추상적인 걸 보면, 파주는 조선의 성리학 시대에도 매우 특별한 지명이었던 것임을 알 수 있습니다.

파주는 일찌감치 글로벌 시대를 내다 본 미래지향형 이름이었다는 생각입니다. 받침이 없고 단순합니다. 영어권 등의 외국인도 'Paju'라고 정확하게 발음할 수 있으니 말입니다. 파주시민은 그런 이름을 가진 도시에서 살고 있습니다. 파주가 고향이라서 하는 얘기가 아니라는 거 다 아시죠?~^^

대파 대박

마른장마 끝에 내리는 '끝물 장맛비'를 맞은 탓인지 채소밭이 더없이 싱그럽습니다. 파밭 이랑도 덩달아 싱싱하고 푸릅니다. 싱싱한 파를 보며 파주를 연상합니다. 싱싱한 파주? 말장난 같지만 쪽파는 쪽팔리는 파주일 것 같아 싫습니다. 그러면 대파는? 대박나는 파주를 상징하는 거 아니겠나 싶습니다. 사람들은 요즘 대한민국 자체가 쪽 팔리고 있다는 말을 많이 합니다. 이런 때일수록 파주만이라도 쪽 팔리지 말고 대박나면 좋겠습니다.

장마철 폭우가 쏟아지고 햇볕이 쨍한 파밭에서 대박 파주를 꿈꿔 봅니다. 꿈☆은 이루어집니다.

가월단지가 탄생하기까지

파주 적성면에서 이장을 했던 분이 전화를 했습니다. 적성가월산업단지 준공인가가 난 것에 대한 감사 전화였습니다. 전화를 받고 기억을 더듬어 보았습니다. 2009년 말쯤이었습니다. 당시 파주시장이었던 시절, 중소기업중앙회와 적성가월산업단지개발을 위한 MOU를 맺었습니다. 그때 시청을 찾아온 적성면 주민대표들로부터 감사의 꽃다발을 받은 적이 있었습니다.

사실 그 해 초부터 시장으로서 김기문 중소기업중앙회장과 관련업체 대표들을 만나기 시작했습니다. 단지 유치를 설득하기 위해서였습니다. 가월산업단지는 이렇게 해서 탄생했습니다. 그러나 단지개발 실제업무는 후임시장이 했습니다. 내게 전화를 한 분은 분명 후임시장에게도 고맙다는 인사를 했을 겁니다. 어쨌거나 나는 그분 전화를 받고 매우 기뻤습니다. 보람도 느꼈습니다. 적성주민 여러분, 감사요~ 추카요. 파주시민 여러분께도 추카 추카~^^

월롱산 1

묏버들 가려 꺾어 보내노라 님의 손에

주무시는 창밖에 심어두고 보옵소서

밤비에 새닢 곧 나거든 나인가 여기소서

조선시대 최고의 러브 스토리 주인공 홍랑의 시입니다. 월롱산 끝자락 영태리에 그녀와 낭군 고죽 최경창의 무덤이 있었습니다. 그 자리에 미군부대가 들어오면서 교하 다율리로 옮겨졌지만, 오늘도 월롱산엔 홍랑이 바라보던 달이 휘영청 밝아 사랑의 이야기를 전하겠죠.

월롱산 2

　　말이 씨가 된다고 합니다. 이름값 한다는 말도 있습니다. 파주만 하더라도 대표적인 곳이 문발리와 용미리입니다. 글이 일어난다는 문발리文發里에는 출판도시가 세워졌고, 무덤 분상의 뒤를 용미龍尾라고 하는데 용미리에 공원묘지가 생겼습니다.

　　월롱月籠도 마찬가집니다. 달과 바구니가 여성을 의미하기 때문인지 몰라도 월롱산 끝자락 캠프 에드워드에 명문 여대가 들어오려고 했던 일이 있었습니다. 월롱산이 지혜의 여신처럼 우뚝 서 있는 한 언젠가는 이름값을 하겠죠.

물에서 태어난 사람

사람들은 물을 좋아합니다. 엄마 배 속에 있는 물주머니가 고향이라서 그런지도 모릅니다. 도시의 분수나 인공폭포 등도 물을 좋아하는 사람의 심리를 이용한 설치물입니다. 그런 점에서 파주는 선택받은 도시입니다. 큰 강이 둘이나 되니 말입니다. 교하交河도 한강(한국의 5대강)과 임진강(7대강)이 만난다 해서 붙여진 이름입니다. 이토록 유서 깊고 아름다운 파주의 강을 어떻게 가꾸고 활용할 것인지, 그것이 문제입니다.

교하천도

임진왜란 때 의주로 피란 갔다 돌아온 선조는 또 왜란이 날 경우를 상정합니다. 그땐 임진강을 건너가느니 바다를 건너 중국으로 가리라는 생각으로 서해로 빠져나가기 좋은 곳을 찾았습니다. 이렇게 시작된 교하천도 구상은 광해군 때 열한 차례나 어전회의를 하며 갑론을박을 벌였습니다. 허나 결국 포기하는데, 이유 중 하나가 교하에는 물이 없다는 것이었습니다.

한강과 임진강이 있는데, 물이 없다고요? 수도의 많은 사람이 먹을 식수가 부족한 건 맞는 말입니다. 밀물 땐 지금도 교하샛강에 바다 짠물이 들어오니까요. 만일, 당시에 오늘날과 같은 담수화 기술이 있었다면 역사는 전혀 다르게 바뀌었을 텐데 말입니다. 오호 통재라. ㅠㅠ

다시 희망의 길로!

　　중국 현대문학의 아버지 루쉰魯迅은 말했습니다. "희망이란 본래 있다고도 할 수 없고 없다고도 할 수 없다. 그것은 땅 위의 길과 같다. 걸어가는 사람이 있으면 그것이 곧 길이 되고, 걸어가는 사람이 없으면 있던 길도 없어진다."

　　벽제 대자리부터 혜음령을 넘어 용미리 석불을 지나 문산천을 건너 임진나루에 이르는 옛 1번국도가 희망의 길, 통일의 길이 되기를 간절히 바랍니다.

포수바위

옛날에 포수가 산돼지를 쏘았습니다. 암돼지였습니다. 총을 맞고 쓰러진 어미돼지에게 새끼들이 몰려들어 젖을 물고 빨아댔습니다. 포수는 그 광경을 보고 슬픔에 잠겼고, 자책한 끝에 바위에 올라 뛰어 내렸습니다. 후대 사람들은 그 바위를 포수바위라고 부르기 시작했습니다.

파주 법원읍 웅담리에서 적성 쪽으로 가는 좌측 길옆에 기암괴석, 그 바위가 바로 전설 속 포수바위입니다.

임진나루

한양에서 개성 평양 중국을 가려면 반드시 임진나루를 거쳐야 했습니다.
그래서 나라에선 임진진을 두었고, 서쪽을 방어하는 진서문을 세웠습니다.

그러나 그곳은 지금 군부대의 철조망에 막혀 있습니다. 옛 나루촌은 매운
탕집으로 명맥을 유지할 뿐이구요. 통일을 바라는 마음이라던 진서문 복원과
임진나루 개방을 서두를 법도 한데 말입니다.

전통시장

　　전통시장이 조금씩 부활한다는 뉴스를 보고 이런 생각을 해봅니다. 파주의 전통시장을 관광상품화하여 서울 사람들이 경의선을 타고와 금촌시장이나 문산시장을 다녀가게 하는 생각 말입니다. 기존의 5일장은 그대로 서게 하고 매주 목요일이나 금요일 특별장을 열자는 거죠. 물론 그때그때 테마 상품을 기획하고 대대적으로 홍보도 해야겠죠. '금요 금촌장' '목요 문산장', 어때요? 괜찮은 아이디어 아닌겨?^^

맷돌

임진강은 현무암지형입니다. 그래서 파주는 한때 전국 최고의 맷돌 산지였습니다. 맷돌은 두 개의 돌판이 겹쳐야 합니다. 낟알을 가루로 만드는 마법의 역할을 수천 년 동안 해왔습니다. 남북의 돌판이 맞닿은 파주. 그래서 파주는 이념의 낟알을 가루로 만드는 맷돌로 비유할 수 있습니다. 새로운 통일 음식을 만드는 맷돌입니다.

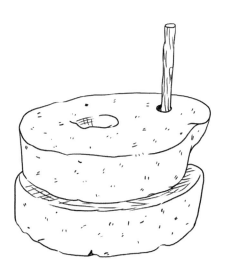

사라진 Best

아쉬움은 양귀비꽃처럼 붉게 남는가 봅니다.

미국 CNN이 선정한 '한국에 가면 꼭 봐야 할 곳 Best 50' 중 33번째로 뽑힌 곳 '심학산꽃마을' 이제는 사라진 풍경입니다. 사라져가는 것에 대한 그리움이 더 커져만 갑니다.

사라진 것이 어디 꽃뿐이겠습니까마는….

지정학적 파주

TV를 통해 2박 3일간의 남북이산가족상봉 장면을 보면서 내 고향 파주의
지정학적 의미를 생각해 봅니다.

세계평화의 안전핀 파주
남북통일의 문빗장 파주
민족화합의 안마당 파주
대한민국의 솔루션 파주

일장춘몽

파주삼릉(40만 평)을 시민에게 완전 개방하고, 캠프하우스(20만 평)는 파주센트럴파크로, 여기에 공릉저수지(7만 평)와 하니랜드(7만 평)를 한데 묶습니다. 캠프하우스 내 막사 등 시설물은 공연장 박물관 기념관으로 개조하며, 야구장도 살려 쓰고. 캠프하우스 앞 마을은 태양광주택 등 녹색빌리지로, 공릉저수지는 일본 가고시마의 이무타호수를 벤치마킹하고요. 이렇게 하면 뉴욕의 센트럴파크나 영국의 하이드파크, 일본의 소화기념공원이 부럽지 않을 거라 믿습니다. 뿐만 아니라 가까운 서울과 외지의 사람들이 몰려들고, 파주경제는 쨍하고 해가 떴을 텐데 말입니다.

그런데 지금은 모두 일장춘몽이 되고 말았습니다. 출근길에 공릉저수지와 그 너머 하니랜드, 파주삼릉 언덕을 바라보며 옛 생각이 문득문득.

참 아쉽네~ ㅠㅠ

통일둥이

오늘은 대한민국 광복 70주년이 되는 날입니다. 8·15해방의 해 1945년에 태어난 해방둥이들이 벌써 고희를 맞았습니다. 열심히 살았고 땀 흘린 만큼 성취도 컸습니다. 그러나 해방 70년의 기쁨은 분단 70년의 슬픔도 가져 왔습니다.

파주는 특히 분단에 따른 각종 규제와 족쇄에 묶여 아직도 피해를 보고, 불편함을 감수하고 있습니다. 그래서 우리는 남북통일이라는 또 하나의 큰 강을 반드시 건너야 합니다. 그 민족적 대망이 통일도시 파주에서 이뤄지는 해에 태어날 아이를 우리는 뭐라고 부르겠습니까? 해방둥이라고 했듯이 '통일둥이' 라고 하겠죠.

통일둥이~^^ 하루 빨리 보고 싶지 않습니까요~?

통일장터

"화개장터 복구 자선콘서트가 열린다"는 뉴스입니다. 불타버린 화개장터는 가수 조영남 씨 노래와 쌍계사 · 섬진강 벚꽃길로 유명합니다. 그곳은 영호남 갈등이 없어 더 이름을 날렸죠. 노래가사처럼 '아랫마을 하동사람, 윗마을 구례사람'이 모여 만든 삶의 현장, 동서화합의 장이 화개장터입니다.

그래서 생각난 건데… '아랫마을 파주사람, 윗마을 개성사람'이 모여드는 삶과 남북 화합의 장터, 그런 '통일장터'가 만들어지면 좋겠습니다. 통일은 바닥부터 다져야 하는 거니까요. 어디에다 만드냐고여? 임진각 광장이 괜찮을 거 같은데… 이웃분들 아이디어는여?

오미산

통일로를 타고 금촌으로 들어가다보면 말레이시아교 못미처 왼쪽에 외따로 돌출한 야트막한 산에 소나무 숲이 보입니다. 파주와 고양시의 공릉천 주변에는 이와 아주 비슷한 모양과 크기의 산들이 5개 있습니다. 파주에는 능안리 상지석리 죽원리(현 대원리)에, 고양시에는 원당과 내유동에서 볼 수 있지요. 이름하여 오미산伍美山입니다.

재미있는 것은 오미산이 생겨난 유래입니다. 고양시 관산동에 있는 시묘산에서 힘센 어떤 장수가 물건을 잃어 버렸답니다. 장수는 잃은 물건을 찾으려고 흙을 파서 밖으로 내던졌는데, 흙이 떨어진 곳에 오미산이 만들어졌다는 얘기입니다. 장수가 흙을 파헤친 시묘산에는 대신 다섯 개의 골짜기가 생겼다나요? 믿거나 말거나, 그랬답니다. ^^

장단반도 1

　　파주시 민통선 북쪽에는 장단반도가 있습니다. 일제강점기 죄수들을 풀어 농사를 지었다고 하죠. 넓이는 약 30만 평. 잘 알려져 있지는 않지만, 해방 이후 대규모 개발구상이 있었던 곳이기도 합니다. 먼저 국제공항건설 구상. 냉전 시대가 끝나기 전 5공 초기 군의 일부 영관급 장교들 사이에선 이곳에 국제공항을 건설하여 미국 등 서방 국가 뿐만아니라 중공 소련 비행기가 뜨고 내리게 하자는 주장을 폈다고 합니다. 인천공항 건설로 물거품이 됐지만, 장단반도를 사실상 중립지대로 만들어 북한의 도발을 억제하겠다는 아이디어 하나만은 살 만하죠.

장단반도 2

　　장단반도에 대학촌을 건설하자는 구상도 있었습니다. 김영삼 대통령 시절이었죠. 당시 이수성 서울대 총장은 이 지역 일대를 대학단지로 개발할 것을 건의했답니다. 그는 대학단지를 만들면 서울대는 물론 서울의 유수 대학에도 분양할 수 있고, 통일이 되면 김일성대학 학생들도 유학 오기가 쉽지 않겠느냐는 주장을 폈다고 합니다. 그때 김 대통령의 반응은 "군인들만 싫어 하겠네"였다는데… 그래서인지 이 구상 역시 안타깝게도 햇볕을 보지 못했습니다.

장단반도 3

　　장단반도는 이제 군의 사격 피탄지역으로만 남아 있을 땅이 아닙니다. 시대상황을 고려하면 면세점을 비롯한 대형소핑몰과 호텔 카지노 등이 들어설 수 있는 적지입니다. 그런 복합 리조트 단지가 들어서면 중국과 일본의 관광객을 대거 유치할 수 있겠죠. 무엇보다도 인천과 김포공항이 가깝지 않습니까? 자유로에 '장단대교'를 놓는다면 금상첨화일 테구요.

초평도

　서울의 한강에 여의도가 있다면 임진강엔 파주의 초평도가 있습니다. '여의도를 빌딩 숲으로 채우지 않고 자연 그대로 시민공원을 만들었다면…' 하는 지적이 많습니다. 생태의 보고인 초평도를 어떻게 보존하고 가꿔야 할지 함께 고민해 볼 때입니다. 생태자연학습관광지로 만드는 생각도 해 볼 수 있겠죠. 암튼 초평도가 가장 아름답고 유일한 '파주의 섬'으로 거듭나기를 꿈꿔 봅니다.

철사썰매

파주읍 명학산을 내려오다 썰매 타는 아이들을 만났습니다. 만국기도 매표소도 없는 고래논 바닥에 자연 그대로인 얼음판에서 였습니다. 판때기를 잘라 다리를 붙이고 철사를 길게 박아서 만든 두발 철사썰매였습니다. 꼬챙이는 나뭇가지를 똑같은 길이로 잘라서 잡기 편하게 T자를 만들고 그 밑 부분에 못을 박아 만들었습니다. 얼음판엔 썰매 날이 달리다 '꽈다당~' 할 수 있는 벼 그루터기가 군데군데 있었습니다. 썰매 판에 앉아 꼬챙이로 콕콕 찔러 얼음을 지치는 아이들. 옛날에 놀던 모습 그대로였습니다. 나도 타고 싶었지만 아이들 등만 밀어 주고 왔습니다. 양보를 해 주지 않는 아이들이 그렇게 야속할 수가 없었습니다. ㅠㅠ

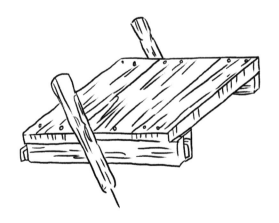

꿈

내겐 꿈이 있습니다.
다시 뛰는 파주의 꿈입니다.
더 잘 사는 고향의 꿈입니다.
모두 웃는 미래의 꿈입니다.

함께 꾸는 꿈~~^^
함께 걷는 길~~^^
함께 사는 삶~~^^
함께 해 주십시오.
한 사람의 꿈은 그냥 꿈으로 머물 수 있지만 만인의 꿈은 반드시 이루어집
니다.

성엣장

　　강물과 갯물이 만나는 기수역으로 성엣장들이 몰려듭니다. 임진과 한강이 만나는 교하수에도 성엣장들이 떠 있습니다. 상류에서 물때에 맞춰 자유를 찾아 내려온 성엣장들입니다. 큰 것은 집채만 하고 작은 것은 송판때기만한 성엣장들입니다. 얼음장으로 잔뜩 웅크렸던 강물이 부서지고 얼기를 반복한 성엣장들입니다. 켜를 이루고 몸을 섞어 장관을 이뤘던 성엣장들입니다. 깨지고 뒤엉켜 사는 우리네 삶을 꼭 닮은 성엣장들입니다. 남북이 하나 되는 예술적 표현 같기도 한 성엣장들입니다.

고향

낙타는 사막을 떠나지 않는다네.

사막이 푸른 벌판으로 바뀔 때까지는…

김진경 시인이 쓴 「낙타」라는 시의 일부입니다. 사람도 낙타처럼 자기가 태어나 살던 고향을 떠날 수도 없고 떠나서도 안 된다는 생각을 합니다. 고향인 파주 땅이 크게 발전하여 '푸른 벌판'으로 바뀌는 걸 보고 싶어 하는 나와 낙타는 별반 다르지 않습니다. '거대한 육봉 안에 푸른 벌판을 감추고' 사는 낙타처럼 늘 '고향의 발전'을 꿈꾸며 삽니다.

고~뤠?

접시 속 면발

　　세상이 참 어지럽습니다. 제가 좋아하는 말 중에 '역지사지'가 있습니다. 싫어하는 말은 '적반하장'입니다. 역지사지는 내가 상대방의 입장이 되는 것이지만 적반하장은 도둑이 몽둥이를 든다는 뜻처럼 그 반대라고 할 수 있습니다. 역지사지는 실종되고 적반하장만 난무합니다. 모든 게 접시 속 면발처럼 얽혀 있는 요즘 세상. 정신 똑바로 차리고 살아야겠습니다~~!

인문학

근대가 시작되면서 인문학 자리에 기술과 자연과학이 앉았습니다. 그 결과 먼저 산업화된 일본에 당하더니 이젠 중국에도 밀립니다. 과학과 영어와 경제, 물론 중요하지만 인문학이 바탕을 이루지 못할 땐 사상누각입니다. 창의성과 삶의 가치가 무시되고 생명의 존엄성마저 사라집니다.

카이스트 대학생이 자살했다는 안타까운 소식이 우리교육의 한계를 보여주고 있습니다. 공부가 됐든 뭐가 됐든 일상을 걷어차야만 자리에서 일어날 수 있습니다. 그것이 인문학을 회복할 수 있는 첩경이기도 합니다. 즐거운 도망, 행복한 저항, 신나는 걷어참…. 시작하십시오. 인문학은 우리에게 희망입니다.

카이스트에서 아인슈타인이 나오길 기대합니까?
아인슈타인은 말했습니다.
"나는 술 대신 철학고전에 취하겠다."

논두렁문화

두렁콩을 서리하고 참개구리, 메뚜기를 잡던 기억이 문득 납니다. 논두렁에서 먹는 두레밥은 참으로 꿀맛이었습니다. 품앗이와 울력으로 마을은 한 가족이 되곤 했습니다. 하지만 이제는 거의 사라진 기억들입니다.

우리나라는 지난 50여 년 동안 급속한 근대화를 이루었습니다. 이를 '압축적 근대'라고 합니다. 그러다보니 많은 부작용과 모순과 문제점을 안고 있습니다. 더욱이 자본의 폭력성에 그대로 노출됨으로써 소외와 양극화는 점점 더 극심해지는 지경입니다. 특히 도시와 농촌의 '불륜적 동거'는 치명적 불치병 증세라 할 수 있습니다. 마음은 논두렁을 가고 있는데 몸은 고속도로를 달립니다. 이 같은 문제점들의 집합에 논두렁문화라는 이름을 붙여봅니다.

중요한 것은 겉으로 드러난 모양이나 현상이 아닙니다. 의식이 문제입니다. 변화와 경쟁에 동의하고 실천할 뜻을 가지고 있는가? 보다 큰 가치를 위해 내가 가지고 있는 작은 가치를 유보하거나 희생할 각오가 있는가? 몸은 논두렁에 있지만 정신은 대로를 달리고, 마음은 밭두렁에 있지만 생각은 도시의 공원을 산책하지는 않는가? 논두렁과 고속도로가 아름답게 공존하고 상생할 수 있는 해법을 찾아야 합니다. 소도시의 사악함을 걷어내고 그 옛날, 농촌의 순박함을 회복해야 합니다. 새로운 스마토피아가 필요한 때입니다.

생각 주간

마이크로소프트의 창업자 빌 게이츠는 일 년에 두 번씩 아무도 없는 곳으로 잠적합니다. '생각 주간Think Week'이라고 불리는 이 기간에 자신만의 휴가를 갖습니다. 그가 은둔 휴가를 보내는 곳은 태평양 연안의 미국 서북부 지방에 있는 2층짜리 별장으로, 일주일 동안 오롯이 혼자 지낸다고 합니다. 하루 두 번 음식을 배달하는 관리인 외에 가족들의 출입조차 허용하지 않습니다. 먹고 자는 것, 그 밖의 모든 시간을 전 세계 MS직원들이 보낸 'IT업계 동향과 진로에 관한 보고서'와 '아이디어 제안서'들을 읽는데 몰두합니다. 그리고 세상의 흐름을 뒤바꿀 결정들을 내립니다.

넷스케이프가 독점해온 인터넷 브라우저 시장에 MS가 참여해야 하는 이유를 설명한 '인터넷의 조류'라는 보고서도 1995년의 생각주간에서 탄생했고, MS의 초소형 태블릿PC와 보안성을 강화한 소프트웨어, 온라인 비디오게임에 대한 아이디어 역시 이 생각주간에서 나왔습니다. 그의 아주 특별한 휴가는 1980년 여름, 할머니의 집에서 사업전략 자료들을 읽고 생각을 정리하면서 착안한 것이라고 합니다. 사람들은 그의 은둔 휴가를 '세계에서 가장 멋진 아이디어 창출방식'이라 부르고 있습니다.

정착형과 이동형

진시황은 중국을 통일했고, 칭기스칸은 세계를 통일했다.

진시황은 글자를 합했고, 칭기스칸은 글자를 빌렸다.

진시황은 무덤을 만들었고, 칭기스칸은 무덤을 지웠다.

진시황은 장성을 쌓았고, 칭기스칸은 그 장성을 넘었다.

진시황은 복종을 원했고, 칭기스칸은 추종을 바랐다.

진시황은 사후 망했고, 칭기스칸은 사후 더 번창했다.

진시황은 나무처럼 서 있었고, 칭기스칸은 동물처럼 뛰었다.

진시황은 마차를 탔고, 칭기스칸은 말을 탔다.

고~뤠?

— 개론 버전

시민 A : 안 돼~ 국회의원 아무나 하냐? 무식 무능 '무대뽀'는 안 돼~

　　　　지역을 위해 한 게 없으면 안 돼~!

시민 B : '고~뤠?' 그치? 일 안 하는 의원은 필요 없지? 안 되겠다.

　　　　일 할 줄 아는 사람 불러야지. 추진력 경영마인드 확실한 사람

　　　　어디 없나?

눈은 민심

폭설입니다.

시인 최승호는 「대설주의보」라는 시에서 폭설을 이렇게 읊었습니다.

은하수가 펑펑 쏟아져 날아오듯 덤벼드는 눈

다투어 몰려오는 힘찬 눈보라의 군단

눈보라가 내리는 백색의 계엄령

저 속수무책의 자연현상 앞에 우리는 자주 절망하거나 감탄을 합니다. 다양한 세상을 단 하나의 색으로 덮어버리는 걸 보면 계엄령이란 표현이 맞습니다. 그러나 세상이란 게 결국 눈 하나에 일원화 될 수 있다는 것도 진리입니다. 사랑이든 미움이든 아니면 욕망이든 다 마찬가지입니다.

대통령을 뽑는 선거가 얼마 남지 않았습니다. 그래서인지 몰라도 나는 저 눈이 '민심'으로 읽힙니다. 순식간에 세상을 바꿔버릴 수 있는 건 민심밖에 없다고 봅니다.

"보라, 얼마나 무섭게 살아있는가? 민심 앞에서 세상은 무차별적으로 덮여버린다."

나불리스트

소설가를 영어로 노불리스트novelist라고 합니다. 그들은 허구의 얘기를 만들어 재미나 감동 또는 사상과 교훈을 줍니다. 좋은 소설은 누군가의 삶을 바꾸는 힘이 있습니다. 노불리스트와 비슷한 일은 하는 사람 중에 '나불리스트'도 있습니다.(순전히 내가 만든 말이긴 하지만^^ 입을 나불거린다는 뜻 ㅋㅋ) 누군가의 뒤에서 없는 말, 엉터리 얘기를 만들어 퍼뜨리는 사람입니다. 그들은 그럴듯하게 스토리를 짜서 누군가에게 슬쩍 던집니다. 거기에 덧대고 고치고 바꿔서 확대재생산 합니다. 나불리스트에 걸린 대상은 영락없이 거미줄에 낚인 잠자리 신세를 면할 수 없습니다.

나불리스트는 동네에도 있고, 회사에도 있고, 어디에나 있습니다. 대통령이든 초등학교 동창생이든 가리지 않습니다. 노불리스트는 점점 사라지고, 짧은 세 치 혀뿐인 엉터리 '나불리스트'가 판을 치는 세상입니다. '눈·코·귀'를 발음하면 말끝이 열려있지만 '입'은 그 발음이 꽉 닫히는 걸 알 수 있습니다. 말의 신중함을 새삼 깨닫습니다.

100원 진료비

안철수 교수가 '힐링캠프'라는 TV프로그램에 출연했습니다. 가벼운 터치로 인터뷰하는 예능프로라 특별히 할 말은 없지만, 한 가지 재밌는 얘기가 있어 귀를 세웠습니다. 안 교수가 의대 시절 농활로 의료봉사를 갔을 때 일이랍니다. 많은 농촌어른들을 진료했음에도 효과가 별로 나타나지 않았답니다.

처음에는 학생들이라 실력이 부족했으려니 생각했으나 알고 보니 나눠준 약을 정성껏 복용하지 않아서였습니다. 이유는 약 값이 '공짜'라서 소홀히 다뤘던 겁니다. 그래서 낸 아이디어가 '약값 100원'이었답니다. 적은 돈이지만 100원을 내고 약을 산 사람들은 열심히 약을 먹었습니다. 그 결과 '명의'라는 소문이 났다고….

여기서 나는 중요한 질문을 하고 싶습니다. "무료급식, 무료보육, 반값대학등록금 등등 때 이른 포퓰리즘적 복지정책과 100원 진료비 교훈을 어떻게 연결할 것인가?"

졸라맨

직장생활에 시달리는 샐러리맨이 있었습니다. 언제부턴가 그의 몸에 이상한 현상이 일어났습니다. 출근과 동시에 얼굴이 벌겋게 되고 숨이 가빠지는 증세였습니다. 병원에서 검진을 한 후, 의사가 말했습니다. "넥타이를 너무 꽉 졸라매서 그렇습니다."(푸하하!)

어떤 일이 일어나면 사람들은 그 책임을 누군가에게 떠넘기기에 바쁩니다. 그런 현상은 날이 갈수록 점점 더 심해지고 있습니다. 국가에, 행정기관에, 대통령에, 시장에, 특정 정당에, 지자체에, 사장에, 사회구조에 책임을 전가하고 힐난하기에 바쁩니다. 머리띠를 두르고 촛불을 켜고 현수막을 걸고, 거리에서 인터넷에서 신문에서 방송에서 술자리에서 거품을 뭅니다.

졸라맨처럼 자신에게 책임이 있음을 모릅니다. 자신은 아니라고 단정 짓습니다. 뭔가 다른 원인이 있을 거라고 믿고 핑곗거리를 찾습니다. 간음한 여인을 잡아 당시의 법대로 군중들이 돌로 쳐 죽이려 하자 예수님은 '죄 없는 자가 먼저 치라'고 했습니다. 사람들은 뿔뿔이 흩어졌습니다. 그나마 양심이 살아있는 이야기입니다. 요즘은 그런 양심마저 없는 세상입니다.

잠시 거울을 보고 넥타이를 고쳐 매는 건 어떨까요.

탓

'세 시간째 직진 중' '당황하면 후진해요' '김 기사가 때려쳤어요' '어제 면허 땄어요' '답답하시죠? 전 미치겠습니다' 우리가 익히 알고 있는 초보운전 문구들입니다. 이런 스티커를 보면 재미도 있고 조심도 합니다. 뒤차 운전자에게 자신이 초보임을 충분히 알려주니 말입니다.

'내 탓이오' 한때 이런 문구도 유행이었습니다. 어느 종교에서 의식운동 캠페인으로 사용하기 위해 자동차용 스티커로 만들어 나눠준 적이 있었습니다. 참 좋은 말입니다. 지금은 모든 책임이 남에게 있다고 발뺌하는 시대니 말입니다.

문제는 '내 탓이오'를 뒤에다 붙였다는 데 있습니다. 자기 탓이면 운전자가 잘 보이는 앞에 붙이고 봐야 할 게 아닌가 하는 생각입니다. '까칠한 아기가 타고 있어요'도 마찬가지입니다. 내 아기가 타고 있으니 내가 확인하면서 조심운전을 해야 합니다. 그러나 우리는 그런 걸 뒤에 붙이고 다닙니다. 어찌 보면 '네 탓이오'라거나, '내 귀한 아이니 네가 조심해라'는 메시지로 받아들여지니 말입니다.

기초질서라는 것

일본의 대재앙 후쿠시마 지진을 보면서 파주시장 재임 시절 기초질서 확립을 시정의 우선 목표로 정했던 기억이 납니다. '청결이 먼저다' '질서가 편하다' '안전이 복지다' 이 세 가지를 실천과제로 삼고 일본과 싱가포르를 벤치마킹 했죠. 주차질서, 간판정비, 쓰레기관리, 노점상정리를 통해 4무無운동을 펼쳤고, 한발 더 나아가 먼지 소음 악취까지 없는 7무無를 지향했습니다.

일본 대재앙에서 보여준 일본국민들의 시민의식과 기초질서 준수의 모습은 실로 감동 그 자체였습니다. 영국 신문 FT파이낸셜타임스는 칼럼에서 '인류정신의 진화를 보여줬다'고 극찬했습니다. 반면 우리는 어떻습니까? 줄서기를 싫어하고 단속에 저항하고 기초질서를 우습게 여기니 말입니다. 그동안 역사를 통해 쌓인 일본과의 앙금은 괄호 치기하고, 이번에 보여준 그들의 선진성, 배려심, 준법정신, 질서의식, 침착함 등은 배워야 합니다.

나쁜 뉴스가 좋은 뉴스

제너럴모터스GM사의 메리 바라 회장이 최근 미 청문회에 불려 나왔습니다. 한 개당 불과 600원 밖에 하지 않는 자동차 부품을 10년씩이나 교체하지 않아 13명의 인명피해를 냈다는 이유에서였습니다. 결국 GM은 차량 260만 대를 리콜해야만 했습니다. 수조원대의 비용을 치른 것입니다.

나쁜 뉴스를 감추지 말고, 드러내어 대처해야 더 큰 손해를 피해갈 수 있다는 평범한 교훈이 생각납니다. 나쁜 뉴스가 좋은 뉴스입니다.

시력과 시각

서울시교육청의 조사에 따르면 고등학교 1학년생 가운데 안경 착용을 요하는 학생이 75.9%입니다. 10명 중 8명꼴이라니… 깜놀~~ 흔히들 시력 저하의 원인을 컴퓨터게임이나 TV 시청 또는 휴대폰 사용으로 돌립니다. 높은 학구열, 독서 탓이라고도 합니다.

문제는 시력이 나쁘다는데 있지 않습니다. 사물을 보는 시각과 시야 다시 말해 사람들의 의식 자체가 좁고 짧아진다는 점입니다. 좁고 짧은 의식은 '칸막이 문화'를 형성합니다. 마을이고 도시고 칸칸이 막히면서 수없이 많은 지연과 학연과 혈연 등 고리에 고리로 이어지는 연緣이 만들어 집니다. 연은 배타성의 토양입니다. 끼리끼리 놀면서 이전투구를 일삼게도 합니다.

멀리 보는 놈은 바보로 치부합니다. 길게 보는 자는 못난이로 배척합니다. 10년 후, 50년 후, 100년 후의 일은 남의 일처럼 생각합니다. 빨리빨리 그때그때 당장이라야 통합니다. 지금도 늦지 않았습니다. '저 산'이 아니라 저 산 넘어 먼 산도 볼 수 있는 시력을 되찾아야 합니다.

읽지 말고 말하라

소위 말 잘한다는 정치인들이 요즘은 말을 안 합니다. 언제부터인가 마이크만 들이대면 읽습니다. 여당대표도 야당대표도 눈을 아래로 깔고 읽어 내립니다. TV에 비춰지는 여·야당의 입들도 열심히 읽기만 합니다. 명색이 대변인인데 말은 않고 '읽기자랑'만 합니다. 말하지 않고 읽다보니 청중과 시선을 맞추지 못합니다. 좀 높은 분들은 주어진 프롬프터를 보느라 눈에 초점이 흐릿합니다. 대중을 상대로 하는 말인데 '원고를 읽는다? 프롬프터를 뚫어져라 보며 읽는다?' 도통 자연스럽지가 않습니다. 말로는 소통 소통하지만 소통이 이루어질 리 없습니다.

한 시간 이상 하는 긴 연설도 아니고 겨우 1~2분하는 말을 왜 읽는지 모르겠습니다. 마거릿 대처는 원고 없이 한 시간을 매끄럽게 했다는데…. 외국에선 대정부 질문할 때 그냥 말로 합니다. 이번 국회 회기 때도 TV에 비춰지는 의원들은 열심히 읽고 또 읽을 것입니다. 그래서는 안 됩니다. 자기의 언어로, 자기의 색깔로, 자기의 스타일로 말해야 합니다.

거침없이 통해야 소통입니다.

"제발 읽지 말고 말하세요."

슈퍼 울트라 직업

정치인들에 대한 욕설이 장난이 아닙니다. 여·야 할 것 없습니다. 그러나 그게 어디 어제 오늘의 얘기겠습니까. 그 옛날 공자가 제자인 자공의 질문에 답한 내용을 짚어 봅니다.

"조정에 출사한 인물들은 어떤 유형이라 할 수 있습니까?"

"언급할 가치도 없느니라. 속이 좁기가 어찌 그리 좁을 수 있단 말인가!"

정치인이 예나 지금이나 변하지 않은 것을 보니 슈퍼 울트라 천연기념물 직업이 분명합니다.

털렸습니다

사실상 모든 국민의 개인정보가 검은 손에 의해 털리고 말았습니다. 이름·주소·주민번호·연락처·카드번호·유효기간 등 10여 가지나 털렸습니다. 하기야 우리의 개인정보가 털린 게 어디 이번뿐이겠습니까. 아마도 내 개인정보는 10년 전부터 세계 각국을 돌아다니고 있을지도 모르겠습니다. 이왕 팔릴 거라면 값이라도 비싸게 받으면 좋으련만.

이렇게 해킹 기술이 날로 발달하면 언젠가는 인간의 혼마저 훔쳐갈 지 모르겠습니다. 다행히 그 정도 해킹 기술까지는 도달하지 않아 내가 아는 모든 분들께 제정신으로 인사드릴 수 있어서 참 다행입니다. 건안하시지요?

받아쓰기 회의

　　9시 뉴스에 비친 청와대 수석 비서관회의 장면은 예나 지금이나 날짜만 다를 뿐 똑같습니다. 우선 기다랗게 놓인 양쪽 테이블 위에 개인별로 놓여있는 마이크와 노트북이 그렇습니다. 대통령이 말씀하는데 대통령을 주목하는 사람을 보기 힘든 것도 마찬가지입니다. 고개를 푹 숙이고 그저 받아쓰기에만 열중하는 비서관들의 모습도 여전합니다. 국무회의 장면도 똑같습니다.

　　그런데 그들이 받아쓰기라도 제대로 하고 있는 걸까요 ? 받아쓰는 척 하는 건 아닐까요? 나름대로 의구심을 갖는 데는 이유가 있습니다. 얼마 전 박 대통령 방미 때로 기억합니다. 그때 허창수 전경련 회장, 정몽구 현대차그룹 회장 등 재벌총수들도 똑같이 박 대통령 말씀을 받아쓰기하는 모습의 사진을 신문에서 봤기에 하는 소리입니다. 아무렴 재벌 총수들이 받아썼기야 했겠습니까마는 누군가의 지시에 의해 예의 상 받아쓰는 '척' 했을 거라는 의견이 분분합니다. 받아쓰건, 받아쓰는 척 했건, 둘 다 소통과는 거리가 먼 일입니다. 창조경제와는 더더욱 그렇지 않겠습니까?

숨기고 감싸지 않았다?

전 청와대 대변인은 기자회견에서 '인턴 여성의 허리를 한번 툭 친 것 뿐'이라고 했습니다. 또 인턴 여성에게 호텔 방문을 열어줄 때 '속옷 차림이었다'고도 했습니다. 그런데 민정수석실 공직기강팀에서 한 질문에는 이미 "엉덩이를 만졌다" "팬티를 입고 있지 않았다"고 상반된 진술을 했다고 합니다. 거짓 알리바이를 만들려다 여의치 않았던 모양입니다.

청와대 비서실장의 기자회견 내용을 찬찬히 뜯어보면 더욱 그런 생각이 듭니다. 비서실장은 회견에서 "필요한 조치가 있다면 숨기지도 감싸지도 않겠다"고 했는데, 왜 굳이 이 말을 했는지 모르겠습니다. 이 말을 뒤집어 보면 숨기고 감싼 일이 있었다는 거 아니겠습니까? 숨기고 감싼 일이 없었다고 믿고 싶지만, 행여 아니라면… 행여 아니라면….

너네 엄만 계모냐?

설날 아침, 차례상 물리고 둘러앉아 떡국을 먹는 자리서 오고 간 말 말 말….

"이번에도 총리 후보자 아들은 군대를 면제 받았더군. 총리가 되려면 자식을 군대에 보내면 안 되는 모양이야."

"징병검사서 디스크 판정을 받았다잖아요."

"거 참, 희한한 일이지. 왜 하필이면 징병검사 받을 때만 아프난 말야. 허리병도 그때 나고, 체중미달도 그때 일어나고…. 더 희한한 건 징병검사만 끝나면 언제 아팠냐고 할 정도로 씻은 듯이 낫는 단 말이지. 체중도 불어나고. 참, 이상한 일이야."

"그래도 박근혜 정부에선 안보회의 멤버 중 군대 갔다 온 사람이 국방장관 혼자뿐인 최악의 상황을 면해 다행입니다. 장군 출신이 청와대 안보실장이 됐으니까요."

"암튼 저희들 학교 다닐 적 이야긴데요, 친구들 중에 군대 간다는 소릴 하면 너네 엄만 계모냐, 이렇게들 물어 본적이 있었어요."

취하면 망한다

술에 취하면 정신과 건강을 잃습니다. 여자에 취하면 성추행하기가 십상이고. 돈에 취하면 허겁지겁 먹다가 걸려듭니다. 권력에 취하면 '직권남용'이라는 가시에 찔립니다. 자기도취, 자기 자신에게 취하면 자만하고 오만하고 방만하고 안하무인 되고…. 뉴스시간마다 술에 취하고 여자에 취하고 돈에 취하고 권력에 취하고 자신에게 취해서 끌려가는 사람을 보게 됩니다. 세상의 어떤 것에도 취해서 좋을 게 없습니다. 취하면 망하는 게 세상의 이치입니다.

어공, 그런 거지 뭐

대통령 외유 때 공직기강팀을 따라 붙인다고? 공직사회 감찰강화 및 기강 확립이라는 취지라? 이래저래 공무원만 또 죽어나겠군요. 어물전 망신시킨 어공(어쩌다 공무원 된 사람) 때문에 늘공(늘 공무원 하던 사람)이나 원공(원래 공무원 하던 사람)이 왜 당해야 하느냐는 볼멘소리가 나올 만도 합니다. 윤항기의 '(공직이란) 다 그런 거지 뭐' 라는 노래가 나올지도 모를 일입니다.

어총(어쩌다 총장이 된 사람)으로서 스승의 날에 '다 그런 거지 뭐'라는 노래가 안 나오면 좋으련만. 하나님께 기도나 드려야 겠습니다.^^

3 · 7 현상

우리나라 사람 3명이 모이면 7개의 파벌이 생긴다고 합니다. 가령 a, b, c 세 사람이 모였다고 하면 a, b, c, ab, bc, ca, abc 이렇게 7개의 파벌이 생긴다는 말입니다. 실제로 그런 경우야 드물겠지만 얼마나 슬픈 현실인가요?

대선이든 총선이든 '3 · 7현상'이 극명하게 드러나고 있습니다. 같은 정당이면서 경쟁관계에 있는 후보를 두들겨 패는 일이 아무렇지도 않게 일어납니다. 뿐만 아니라 거짓 정보를 공천 심사위와 중앙당에 올리고, 지역에 퍼뜨리고, 언론에 노출시키는 파렴치 행위도 서슴지 않습니다. 심지어 공천을 받은 자당 시장후보의 낙선운동까지 하는 국회의원도 있으니까, 더 말해 무엇하리오만…

그런 작태에 대해선 유권자들의 준엄한 심판이 있어야 합니다. 거짓 정보에 속아서도 안 되고, 꼼수를 부린 출마자에게 유권자의 무서운 힘을 보여 줘야 합니다. 어떤 선거에서든 절대 그런 모리배가 발을 못 붙이게 심판해야 합니다.

닥치고 정치

『닥치고 정치』라는 책이 베스트셀러일 때가 있었습니다. 나름의 긍정성을 인정합니다. 젊은이들에게 분노의 분화구요. 해방구로서 충분하기 때문입니다. 하지만 우려 또한 만만치 않습니다. 김어준의 닥치고 정치는 얼핏 보면 폼 나고 후련하나 꼼꼼히 들여다보면 그야말로 '닭 치고 정치'입니다. 양계장 정치라는 말입니다.

좁은 우리 안에 닭을 몰아넣고 원산지도 제조일도 없는 사료를 마구 흩뿌립니다. 전등을 대낮처럼 켜놓고 밤과 낮을 헷갈리게도 합니다. 기다리는 건 피 묻고 똥 묻은 달걀…. 그걸 닦고 포장해서 외칩니다. "계란이 왔어요~" 종횡무진 날카로운 감각과 언어 파괴적 입담에 닭들은 대가리를 꼿꼿이 세웁니다. 털 뽑힌 닭들은 통닭입니다요~!

"인생 뭐 있어? 홀랄라~!" 종신 총수님, 닥치고 닭이나 치시죠~!

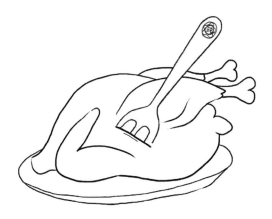

팍! 퍽! 푹!

욕이야 당연히 대한민국이 금메달감이지만 툭하면 fuck, fuck 대는 걸 보면 양키들도 만만찮은 가 봅니다. 하지만 그깟 '퍽'에 기죽을 우리가 아닙니다. 비슷한 것만 해도 우리말에 팍! 어쩌구~ 하는 무시무시한 협박도 있고, 푹 찌르거나, 푹 박거나, 푹 삶거나 하는 겁나는 말이 참 많습니다.

요즘 종북론자나 반미주의자 또는 극우파들의 행태를 보면 팍, 퍽, 푹 중 어떤 말을 먼저 써야 할지 고민입니다. "팍~! 차 삐릴까 fuck you very very much~ 할까? 푹~! 담가 버릴까?" 아, 맑은 언어를 쓰고 싶습니다만~

놀라운 아이러니

'그 밥에 그 나물'이란 말이 있습니다. 그러나 요즘은 그 밥과 그 나물에도 차이가 있습니다. 제초제와 농약을 사용한 쌀과 사용하지 않은 쌀은 분명히 다릅니다. 제초제를 뿌린 논두렁 밭두렁에서 채취한 쑥, 냉이, 씀바귀, 달래와 그렇지 않은 봄나물은 같지 않습니다. 개구리와 메뚜기의 개체 수도 다르고, 물고기의 양도 다릅니다. 개체수가 줄고 양이 적어지면 그나마 다행입니다. 멸종된 곳도 있지 않겠습니까?

학교는 어떻습니까? 무상급식의 취지 중 하나가 우리 아이들에게 친환경 음식을 먹이자는 겁니다. 누구나 자기 아이들에게 제초제를 사용한 농산물을 먹이고 싶지는 않을 것입니다. 분명히 말하지만 친환경 음식은 주방에서 이뤄지는 게 아니라 논과 밭에서 이루어집니다. 미국산 광우병에는 촛불을 켜도 바로 옆에서 자라는 농산산물의 위험에는 모르쇠 하는 게 이상하기만 합니다. 미군이 경북 칠곡에서 저지른 고엽제 매몰사건은 일파만파로 번지고 있지만, 시뻘겋게 홀렁 벗겨진 '제초제 논두렁'은 무관심의 대상입니다. 놀라운 아이러니입니다.

가미가제神風

몽골이 중국을 점령하고 원元을 세웠습니다. 고려도 속국이 됐습니다. 섬나라 일본만 남았습니다. 송宋의 패잔병들과 징병한 고려군을 허술한 배에 실어 일본을 치게 했습니다. 오합지졸에다 낡은 배는 일본까지 가지도 못하고 바다에서 부서졌습니다. 두 번이나 그랬습니다. 일본은 그걸 하늘이 보낸 바람 덕이라고 생각해 '가미카제'라고 했습니다.

일본이 대동아전쟁을 일으켰습니다. 미국의 힘에 밀리자 마지막 수단으로 자살부대를 만들었습니다. '가미가제특공대'라고 이름 붙였습니다. 그 정신병적 소행은 히로시마에 떨어진 원자폭탄으로 끝이 났습니다.

일본의 후쿠시마 대지진과 쓰나미에 이어 핵 유출의 공포로 전 세계가 떨고 있을 때에도 50명의 기술자들이 방사능의 위험을 무릅쓰고 현장에 남아있다고 합니다. 목숨을 걸고서라도 지킬 거라고 했습니다. 나름 가미가제(자살특공대) 정신인지도 모르죠.

다행인 것은 우리나라에서 일본 쪽으로 바람이 분다는 사실입니다. 방사능을 실은 바람이 태평양 쪽으로 향합니다. 아마도 21세기 신풍神風은 우리나라 편인가 봅니다. 하지만 운명을 하늘에만 맡길 게 아니라 우리 스스로 대비하고 극복해야 합니다.

쓰나미

쓰나미는 일본어입니다. 진파津波(쓰나미)라는 말로 해안파도, 지진파도 큰 해일이라고 할 수 있습니다. 일본어이긴 하지만 1963년 국제과학회의에서 지진에 의한 거대한 해일을 쓰나미라는 공식용어로 채택했습니다.

최근에는 걷잡을 수 없는 거대한 재앙을 은유적으로 표현하기도 합니다. 그렇게 볼 때 우리나라의 구제역 또한 바이러스 쓰나미가 아니고 무엇이겠습니까? 천재든 인재든 자연의 위력은 인간의 무력함을 일깨워주기에 충분합니다. 이러한 자연재해를 대처하는 방법은 오직 유비무환뿐입니다.

아무리 돈을 잘 벌어도 우환이 들면 허사이듯, 복지를 암만 잘 해도 재해가 나면 끝장입니다.
'안전이 복지입니다.'

위국헌신 군인본분

10월 26일은 안중근 의사가 순국한 날입니다. 안 의사는 1909년 10월 26일 하얼빈 역에 도착한 이토 히로부미 일행을 저격한 후 현장에서 체포돼 여순 감옥에 수감됐습니다. 이듬해인 1910년 3월 26일 사형을 당했습니다. 사형 당일 여순 감옥 헌병출신 간수(치바 도시치)가 말했습니다. "이제 가셔야 합니다." 옥문을 나서던 안 의사는 "잠깐, 예전에 당신이 내게 글 하나를 부탁했죠. 내가 그 글을 쓰고 가리다." 치바 간수가 지필묵을 가져다 주었습니다.

안 의사는 '위국헌신 군인본분爲國獻身 軍人本分(나라를 위함은 군인의 본분)'이라고 썼습니다. 그리고 새끼손가락이 잘린 왼쪽 손바닥에 먹을 묻혀 수장을 찍었습니다. 그것이 안 의사의 마지막 유묵이 되었고, 치바와 그의 부인 기치요는 안 의사의 유묵을 소중히 간직하고 치성을 올려 공양했다고 합니다. 사형집행 직전에 이렇게 힘찬 글을 쓸 수 있었던 안 의사를 존경했던 겁니다. 치바와 기치요가 사망한 뒤, 치바의 유족은 그의 유묵을 들고 한국을 찾아와 안 의사 회관에 헌액했습니다.

재조명

"불의를 보고도 청년들이 일어나지 않는다면 나라에 희망이 없다. 학생들이 장하다. 내가 맞을 총을 그 아이들이 대신 맞았어." 4·19 때 부상당한 학생들을 보며 이렇게 말했던 고 이승만 대통령이 독재자로만 매도될 수 있는가? 답은 No입니다.

만일, 이승만 대통령이 자유민주주의 대한민국을 건국하지 않았다면, 6·25때 외교전을 통해 미군과 유엔군을 참전시키지 않았다면, 한미 방위조약을 체결시키지 않았다면…. 과연 대한민국이 탄생할 수 있었으며, 오늘날의 번영이 가능했을까? 라는 질문을 해 봅니다. 답은 역시 No입니다. 대한민국사랑회에서 주최한 '우남 이승만 박사 애국상 시상식'에 참석해보니 건국대통령 이승만을 재조명해야 마땅합니다.

새로운 전부

2015년 봄…. 꽃피는 계절에 우리는 메르스로 숨이 막혔고 가뭄에 목이 말랐습니다. 한 해의 절반이 그렇게 가고, 7월이 왔습니다. 시인 정호승은 '푸른 바다에는 고래가 있어야지, 고래 한 마리 키우지 않으면 청년이 아니지'라고 노래했습니다.

키비의 자취일기에서는 '너와 난 각자의 화분에서 살아가지만 햇빛은 함께 맞는다'고 했습니다. 7월의 푸른 바다, 햇빛을 맞으며 고래의 꿈을~. 한 해의 남은 절반 우리 함께 활짝 펼치면 새로운 전부가 만들어집니다.

국가란

    2015. 6. 29 연평해전 13주기를 맞는 날입니다. 참수리호 31명의 승조원들이 국가로부터 버림받은 날입니다. 국가가 국민을 보호해 주지 못하는 상황에선 국민이 삶과 존재의 이유를 찾을 수 없다는 생각이 듭니다. 영화 '연평해전'이 벌써 100만 관객들의 가슴을 울린 이유도 똑같습니다.

IT국가의 뒷면

숨기거나 감추진 않았더라도 가릴 일도 미룰 일도 아니었습니다. 정직하게 있는 그대로 투명하게 공개주의로 빨리 나갔으면 될 일이었습니다.

메르스 발생 18일 만에 관련병원 명단 공개?

나름 일등 IT 국간데 좀 그렇습니다요. ㅠㅠ

여론

무식한 정치인, 여론만 의식
무능한 정치인, 여론도 외면
무서운 정치인, 여론을 조장
무모한 정치인, 여론에 역행
무뢰한 정치인, 여론과 다툼
무지한 정치인, 여론에 깜깜

상다하다

가을비는 많이 오지 않습니다. 속담에 '가을비는 할아버지 턱수염 밑에서도 피한다'고 하지 않습니까? 하지만 입동 전후로 삼일 간 내린 비는 양이 꽤 많습니다. 가을비는 물론 반갑지도 않습니다. 그래서 '객적은 가을비'란 말도 있는 거 아니겠어요? 그러나 이번 가을비는 단비라고들 야단입니다. 그만큼 가뭄이 심했던 탓입니다. 4대강 사업을 반대한 사람들조차 '존심'을 버리고 보洑에 차 있는 물을 끌어 쓰자고 할 정도니까요. 근데 말이죠, 의문이 하나 듭니다. 그 사람들이 수자원 관리의 기본을 정말 몰랐냐는 거죠. 윗물이 많아야 아랫물이 많다上多下多는 사실 말이에요. ㅉㅉ

친절한 금융 씨

'친절한 금자 씨'라는 영화가 있었습니다. 요즘은 '친절한 금융 씨'가 많습니다. 돈을 빌려주겠다고 친절을 베풉니다. 걱정 말고 빚쟁이가 되라고 부추깁니다. 꽃으로 위장해 곤충을 잡아먹습니다. 서민들은 꽃으로 위장한 걸 알아차릴 여유도 없습니다. 가슴이 먹먹~ 합니다.

조바심

낟알 거두는 일을 '바심'이라고 합니다. 그중 낟알이 가장 작은 조를 털 때에 좁쌀이 흩어질까 봐 조심하는 걸 '조바심'이라고 합니다. 교육이든 경제든 조바심의 심정으로 해야 하는데…. 어린이집 교사의 아동학대 뉴스를 접하니 가슴이 아픕니다. 기가 막힌 일입니다. 좁쌀 한 톨도 귀하게 여겼던 조상님의 지혜를 떠올립니다.

위기관리 제1조

사람들이 너한테 정답이라고 내미는 것을 그냥 믿어서는 안 돼. 언제나 네 스스로 많은 생각을 하고 네 생각을 다듬어야 해. 그리고 네 믿음, 네가 옳다고 여기는 것, 네가 취하는 태도에 책임을 져야 해. 원래 그런 거니까 그렇게 해! 그렇게 하는 게 당연 해! 같은 말에 휘둘려선 안 된다.

라이너 에를링어가 쓴 책 『거짓말을 하면 얼굴이 빨개진다』에 나오는 내용입니다. 2014 대한항공의 땅콩사건을 두고 하는 말 같습니다. '위기관리 제1조'는 '거짓말 안하기'입니다. 책 제목처럼 '얼굴이 빨개지기 때문'에 거짓말은 지켜질 수가 없습니다. 그런데 대한항공은 사건발생 초기대응에서 그걸 밥 먹 듯 했습니다.

헐~ 캐실망!

　　김대중 전 대통령 5주기에 북한의 김정은이 조화를 보내 왔습니다. 보내 온 게 아니라 개성까지 와서 받아가라 해서 박지원 국회의원이 가서 받아왔습니다. '화환을 받아가라' 했을 땐 몰상식을 넘어 삼류 코미디였습니다. 득달 같이 달려가 그걸 넙죽 받는 걸 보곤 개탄했습니다. 게다가 국립현충원에 그것이 버젓이 놓였을 땐 기가 차고 통탄할 일이었습니다. 그날 비가 내렸습니다. 어찌 동작동 하늘에 비가 내리지 않겠습니까?

　　그리고 4개월이 지난 오늘 이희호 여사가 김정일 사망 3주기에 조화를 보냈습니다. 서울에 와서 받아 가라고 하지 않고 박지원 의원에게 개성까지 조화를 들려 보냈습니다. 한쪽에선 지나치게 오만방자한 과오무례過午無禮를….

　　이건 뭥미? 다른 한쪽에선 지나치게 비굴한 과공비례過恭非禮를…. 오우, 이건 헐~ 캐실망! '김정은의 화환쇼'에 놀아난 '혼 나간 대한민국' 호국영령들이여! 죄송합니다.

위태위태 대한민국호

　"정치인은 백성의 뜻만 추종하면 그들과 함께 망하고, 백성의 뜻을 거스르면 그들 손에 망한다(「풀타크 영웅전」)" 백성의 뜻을 좇아 서울시장을 몰아내고 만든 무상급식 등 무상 시리즈 복지정책…. 이 많은 '무상복지 화물'을 산더미처럼 싣고 항해 중인 대한민국호, 아슬아슬 위태위태하다는 거 다 아시죠? 세월호 보셨으니까 다 아실 테죠. 근데도 청년수당을 또 준다고여? 제기랄, 세상에 혼자 죽을 정치인이 이렇게도 없는 건지? 물귀신도 아닌데 국민을 꼭 끌고 들어가겠다는 심보는 뭡니까?

돈은 화합입니다

"똘똘 뭉쳐 예산을 많이 따자."

전남·경북 의원들의 모임인 동서화합포럼이 '지역구 예산 챙기기 포럼'으로 전락했습니다. (돈만 주면) 영혼을 팔겠다는 의원님 '말씀'이 있었는가 하면 (예산당국을) 비난 않겠다는 의원님 약속도 있었답니다. 영혼 없는 대한민국 국회의원님들! 쪽지예산 등 말이 많더니만 이젠 도별로 그룹화된 예산전쟁? '코미디 빅 리그'입니다. 동서화합포럼 뉴스를 보면 전남·경북의 의원님들, 참 고단하시겠습니다. 이참에 포럼하나 만드심이···. '돈은 화합입니다'라는 슬로건을 내걸고 말입니다~! 대한민국 국회~ 참으로 헐~입니다요.

대한민국 공무원

'2014 대한민국 공무원'개혁의 주체인가? 사정의 대상인가? 국민의 공복인가? 만인의 공적인가? 봉사의 달인인가? 규제의 화신인가? 조간신문을 볼 때마다 내 머리 속은 온통 물음표 투성이입니다. 국가개조 국민행복 창조경제 문화융성 통일대박 규제혁신 공기업개혁 등등. 하나 같이 거창하고 비장하기까지 한 국정과제를 읽으면 물음표는 끝이 없습니다. '국정과제는 누가?'라는 대목에서도 물음표가 이어집니다. 공무원은 지금 세종시에 귀양살이 중이고, 존중받아야 할 공권력은 조롱받고….

그런데 내 경험으론 그들도 사람인지라 사명감도 꽤 있습니다. 어느 집단보다도 사기를 먹는 보람에 사는 족속들인데…. 중앙, 지방 가릴 것 없이 모두다 '쥑일놈'이 되어 있습니다. 게다가 동네북에 마녀사냥감까지. 여러분들의 생각은 어떠신지 궁금궁금.

김정은 동무!

김정은의 '불편한 몸'이 언론에 등장하면서 화제가 됐던 적이 있습니다. 먹고 마시고 여색만 취해 단명(평균 47세)했던 조선의 왕을 닮은 모양입니다. 그들은 하루에 초조반 아침 낮것상 저녁상 야참… 이렇게 다섯 끼 식사를 했다고 합니다. 후궁도 최소 10여 명씩 거느렸으니, 바로 이게 단명의 원인이었다는 걸 최장수 임금(83세) 영조가 증명합니다. 영조는 하루 삼시세끼만 했답니다. 재위기간(51년) 중 여색도 중전 2명 후궁 4명뿐.(사실 이것도 많지만 ㅋㅋ)

천한 신분 무수리 아들이 영조입니다. 형을 죽이고 왕위에 올랐다는 반대파의 '썰'에도 시달렸습니다. 이 같은 출생의 한계와 콤플렉스를 영조는 철저한 자기절제로 극복하면서 성군이 됐는데, 나이 30에 막나가는 "김정은 동무! 근검절약하고 솔선수범 좀 하소. 동무, 그러다 훅 가는 수가 있어. 북한 동포가 넘 불쌍하지 않으슈?"

금연종합대책

국민건강을 위한 '금연종합대책'이 담뱃값 인상이랍니다. 지나가던 소가 다 웃겠습니다. 국민건강을 그렇게 생각하신다면 담배의 생산 · 제조 · 판매를 금지하면 될 것을. 미국 민간편의점 CVS가 국민건강을 위해 연간 2조 원의 손해를 감수하고 담배 판매를 중단한 사실도 접하지 못했나 봅니다.

담뱃값을 올리는 방법도 이유도 참 그렇습니다. 지방정부의 세수나 늘어나게 기존 세금이나 올릴 일이지, 개별소비세까지 매겨 중앙정부 금고를 채운다니 말입니다. 담배가 무슨 사치품인 줄 아쇼? 나리님들이여! 좀 더 솔직히 말하시오. 담뱃값 인상은 '세수빵꾸메우기대책'이라고. "Honesty is the best Policy" '정직이 최상의 정책'이라는 소리도 못 들어 봤수? 이 바보 멍충이들아!

별놈의 호칭

세월호 뉴스로 도배질하는 매스컴. 거기엔 참 별놈의 호칭도 다 있습니다. 우선 유병언에게 붙여진 종교지도자 직함이 그렇습니다. 사이비종교 교주가 지도자? 유대근을 조백님이라 합니다. 조각가와 화백의 합성어라니, 로댕이 저승에서 벌떡 일어나겠습니다. 김 엄마 박 엄마? 세상에서 가장 아름답고 고귀한 이름이 '엄마'입니다. 엄마가 사이비 종교집단의 직분으로 둔갑하다니요. 세상의 아이들이 모두 ㅋㅋ. 아무리 호칭과 직함이 인플레로 범람하는 세상이라도 해도 넘한 거 아닌가요? 시각 교정이 필요한 거 아녀요?

슬금슬금 긁어보세~

국민행복 국민대통합 규제철폐 비정상의 정상화 통일대박 국가개조 등등. 이들 거대담론적 국정어젠다 중에서 나는 통일대박을 좋아합니다. 물론 대박의 원전은 「흥부전」이라 할 수 있습니다. "톱으로 켜자," 그야말로 박이 터진 것처럼 통일이 박 터지길 바랍니다.

그러려면 정치적 대박부터 터뜨려야 합니다. 방법은 간단합니다. 국민의 가려운 곳을 '박박' 긁어주는 일입니다. 국민의 뜻을 '박박' 어기면 쪽박을 차는 게 당연지사라 하는 말입니다. 슬금슬금 긁어보세~ 얼쑤~!^^

동네 병원 의사

중앙정부는 작은 문제를 해결하기엔 너무 크다. 그러나 지방도시 지방정부
는 작은 개혁과 실천을 통해 시민의 생활을 실질적으로 변화시킬 수 있다.

— 미 사회학자 대니얼 벨

시민을 지근거리에서 보살펴 줄 수 있는 것은 중앙정부가 아닙니다. 지방
정부입니다. 의사에 비유한다면 국정을 하는 국회의원은 정형외과 의사처럼
큰 뼈(법률)를 맞추는 사람입니다. 동네 소아정신과 의사처럼 시민이 아파하는
곳을 어루만지고 고쳐주며 다독이는 사람은 지방자치단체장입니다.

아귀찜을 먹으며

아귀찜을 먹으며 두 포식자를 떠올렸습니다. 생선 아귀(마산에선 '아구'라고 함)와 불교에서 말하는 귀신 아귀餓鬼입니다. 이름처럼 둘 다 게걸스러움의 대명사입니다. 불교의 귀신 아귀는 생선 아귀와 이름은 같지만 생김새는 영 딴판입니다. 입은 바늘구멍만 하고 배는 남산만 합니다. 암만 먹어도 배가 고파늘 싸운답니다. 아귀다툼은 그래서 나온 말입니다.

우리말과 발음이 비슷한 영어 단어가 있습니다. 아규먼트argument입니다. 발음은 비슷하지만 뜻은 판이합니다. 아귀다툼의 사전적 의미는 자기욕심을 채우고자 서로 헐뜯고 기를 쓰며 싸운다는 것이죠. 아규먼트는 논리를 세워 따진다는 것. 즉 논쟁을 뜻합니다. 우리네는 아귀다툼은 잘하지만 아규먼트는 못합니다. 가끔 정치인들이 나오는 TV토론을 봐도 그렇습니다. 논리가 빈약할 뿐더러 자기주장과 주의만 내세우기 일쑤입니다. 그래서 토론이 아귀다툼으로 흐르는 경우가 많습니다. 두 단어의 뜻이 다른 것처럼 아귀다툼은 즉흥적이고 감정적이지만, 아규먼트는 구체적이고 이성적입니다. 감정은 호흡이요, 이성은 심장입니다. 호흡을 더 좋아하는 우리네이기에 아규먼트보다 아귀다툼인가 봅니다.

비료로 밖에 쓰지 못하던 아귀가 어떻게 마산에서 맵고 칼칼한 별미 음식 아귀찜으로 바뀔 수 있을까요? 거기엔 기질氣質과 역사가 작용한 때문일 것입니다. 마산은 원래 합포라는 곳입니다. 몽골의 일본 정복, 임진왜란, 일제침략,

개항, 미군정, 독재항거 등 '태생적'으로 국제화 도시입니다. 마산수출자유지역과 창원공단이 있습니다. 그렇게 해서 형성된 게 마산의 기질입니다. 화끈하고 열정적입니다. 변화에 빠릅니다. 이 같은 지형적 기질과 역사가 작용한 아귀찜은 아귀를 말리고 양념을 보탠 음식입니다. 별 볼일 없는 식자재를 '편집'한 굿아이디어 음식이라 할 수 있습니다.

지금 우리에게 필요한 것은 아귀찜을 만든 정신입니다. 즉 '편집 정신'입니다. 논리와 철학을 정리한 정신입니다. 너를 잡아먹는 허기진 포식자의 정신이 아닙니다. 너와 내가 섞여서 '우리'를 만들어 내는 공동체 정신이 담겨 있습니다. 지금이 어떤 시대입니까? '우리'라는 공동체 정신이 있어야 더 넓게 더높이 더 빨리 뛸 수 있습니다. 칸막이로 조각난 지형적 기질을 아귀찜 정신으로 정리하고 편집하면 아귀다툼을 아규먼트로 바꿀 수 있습니다. 아규먼트의 창조적 지향성, 어렵지 않습니다.

구분 없는 세상

다산 선생은 국민을 사랑하는 방법으로 '애민6조愛民6條'로 복지를 강조했습니다. 복지는 ①양로養老, 노인을 모시고 ②자유慈幼, 어린아이를 보살피고 ③ 독거인과 고아 ④장애인 ⑤가장이 죽은 사람의 집안 ⑥재해·재난을 당한 사람부터 도와줘야 한다는 것입니다.

보통사람과 똑같은 삶을 살 수 있도록 '다름이 아니라 같음의 세계'를 펼쳐놓은 장애인복지시설 혜림원. 그곳은 장애인을 시설에서 관리해야 한다는 편견이 없습니다. 정상과 비정상의 구별이 없는, 장애인에 대한 참사랑을 실현한 곳입니다.

진정한 왕

하늘과 땅 사이에 사람이 있고 그중 으뜸이 왕이라면 농업인이야말로 진정한 왕입니다. 하지만 많이 고단하고 생산품의 가격하락 등으로 걱정 또한 많은 사람들이 오늘날 대한민국의 농업인입니다. 그래도 농업은 희망의 끈을 놓을 수 없는 산업입니다. 1차 산업에서 2, 3차 산업을 지나 4, 5, 6차 산업으로 무궁무진하게 발전할 수 있는 산업이 농업이기 때문입니다.

오늘은 흙 土자 두 개가 이어진 11월 11일 농업인의 날. 진정한 왕 '농업인 세상'은 언제 오려나?

노인의 날 소회

다산 정약용 선생이 '노인의 즐거움'으로 몇 가지 예를 들어 설명한 게 있습니다. '머리가 빠져 시원하고, 이가 없어 치통을 앓을 이유가 없으며, 눈이 어두워 책을 읽지 않아도 되고, 귀가 어두워 다투는 소리를 듣지 않아 좋다'는 겁니다. 나이가 들면 힘들고 아프고 외롭고 쓸쓸해진다는 걸 다산선생은 반어법으로 표현했습니다.

그러나 노인에게도 똑같이 좋은 게 있습니다. 황금·소금·지금, 이 세 가지 중에 지금이 가장 좋다는 거죠. 노인의 날을 보내면서 모든 어르신들이 오늘 지금 이 시간 행복하고 건강하기를 바라는 마음입니다. 웃을 일도 많으면 좋겠구요. 대한민국 발전의 일등공신인 어르신들이 걱정 없이 편안한 노후를 보낼 수 있는 사회를 만드는 것, 정치인의 의무죠.

바보임금

조선에는 나라를 지키지 못한 군주가 세 명 있습니다. 선조·인조·고종입니다. 선조는 임진왜란 때 도망갔고, 고종은 나라를 빼앗겼습니다. 인조는 청나라에 항복했고, 소현세자의 글로벌정책까지 거부했죠.

법흥리에 있는 '바보임금' 인조의 능, 장릉 앞을 지날 때 이런 생각을 해봤습니다. 장릉을 개방하고 '나라를 지키지 못한 바보임금'이라고 써 붙여 후세인들에게 반면교사로 삼으면 어떨까 하고요.

비밀?

　　우스갯소리지만 세상에서 가장 어려운 게 세 가지가 있다고 합니다, 비밀을 유지하는 것, 남을 용서하는 것, 스님의 머리에 핀을 꽂는 것이라고 합니다. 특히 요즘 세상엔 비밀조차 만들 수가 없습니다. PC에 남고 휴대폰에 남고 카드에 흔적이 남습니다. 핸들을 잡고 조금 멀리 나갔다 하면 하이패스에 긁히고 출근해서 퇴근할 때까지 CCTV에 찍히는 것만도 300회가 넘는다고 하니 말입니다. 가만… 나는 오늘 몇 번이나 찍혔을까?

모범생

　　법과 규정만 따지는 사람들이 모범생이라고요? 아닙니다. 다산 선생이 쓴 목민심서에도 "법과 원칙을 지키다 보면 때론 일처리를 할 수 없다. 다소 넘나 듦이 있더라도 백성을 이롭게 하는 일이라면 변통할 수 있다."고 했습니다. 궁 즉변 변즉통窮則變 窮則通이죠. 궁하면 변하고 변하면 통한다는데…. 우리 사회에 는 왜 그리 모범생이 아닌 모범생이 많은지요?

본인 대리인관계

정보경제학에선 조직의 업무 플로를 '본인 대리인 관계'의 틀로 분석하기도 합니다. 예컨대 세금을 꼬박 꼬박 내는 국민이 본인입니다. 그러므로 행정을 위임받은 공무원은 국민의 대리인입니다. 대리인이 공금을 펑펑 쓰면서 세금을 축낸다면? 대리인이 중심을 못 잡고 하는 일마다 그르친다면? 그런 대리인(공무원)을 쓴 본인(국민)의 장래와 그런 대리인이 일하는 본인의 지역은 결코 발전할 수 없겠죠.

학교도 마찬가지입니다. 학교에서의 본인은 학생입니다. 총장은 대리인입니다. 대리인들이 신통치 못할 때 학생의 장래와 학교의 발전을 기대할 수 없습니다. 총장 취임 한 주를 보내며 새삼 느낀 것은 나는 분명 대리인이라는 사실입니다. 그리고 본인은 따로 있는데 대리인이 본인입네 하고 주인행세를 할 때 항상 문제가 생긴다는 점도 다시 한 번 깨닫고 있네여.

믿어라! 미쳐라! 변하라!

젊음은 용기이고 도전이고 열정입니다. 참 부럽습니다. 그 옛날 나도 그랬을 텐데⋯. 내 젊은 날, 대학생 시절이 가물가물합니다.

새내기들에게 한 말의 키워드는 세 가지였습니다. 믿어라! 미쳐라! 변하라! 자신을 믿고 교수를 신뢰하고 학교를 신용하고 하늘을 공경할 것, 공부와 자기가 할 일에 제대로 미쳐 볼 것, 그리고 이전의 내가 아닐 정도로 달라지고 변하라는 것이었죠. 입학한 새내기들이 앞으로 행운을 잡으려면 믿고 미치고 변해야 한다는 생각에서였습니다. 행운은 '준비가 기회를 만난 결과'라고 했던가요~~^^

새색시 덕분

　　오늘은 참 기쁜 날. 경인여대가 이태연속 전국의 여자대학교 가운데 취업률 1위를 기록했거든요. 기쁘기도 하지만 정말 다행스럽다는 생각이 듭니다. 며느리가 잘못 들어오면 조상 제삿밥도 못 얻어먹는다는 옛말이 떠올랐기 때문이죠. 요즘도 집안에 좋지 못한 일이 생기면 애꿎은 '새색시 탓'을 하는 경우가 있지 않습니까? 그런 점에서 경인의 새 가족이 된 나는 참 복 받은 놈입니다. 교직원 여러분! 새색시 덕분(?)으로 생각해 주세욤.

아직 갈 길이 멀다

'경인여대가 특성화대학으로 선정됐다'는 뉴스를 듣고 나는 그냥 덤덤했습니다. 지난 1년여 기간 동안, 경인가족 고생시킨 덕에 취업률 등 모든 평가지표가 급상승 커브를 그렸고, 특성화 태스크팀원들의 열띤 토론과 철야근무로 만든 사업계획서 또한 감동이었거든요. 그래서 될 수밖에 없었던 당연한 뉴스였습니다. 그래서 기쁘기보다 덤덤했고, 홀가분했습니다.

이제 정부로부터 연간 30~40억 원씩 5년에 걸쳐 받을 돈도 돈이지만, 경인가족 모두가 긍지와 자부심을 가질 만합니다. 경인에 대한 세간의 평가나 이미지도 크게 좋아질 테니까요. 암튼 교수님! 그리고 직원 선생님! 고생 많으셨습니다. 고맙습니다. 잔치 한 번 벌여드릴게요. 그러나 취업률 아직 갈 길이 멀다는 거 아시죠? ^^

만사불여튼튼

　질병관리는 안전관리이며 안전관리는 복지의 핵심. 전교생 대상 결핵검진을 실시한 경인여대의 학생복지프로그램을 SBS일요특선다큐(2014. 6. 29) '면역이 답이다'에서 방영했습니다.

　'만사불여萬事不如튼튼'이라 했던가요. 5,000명 학생 중 결핵감염자가 한 명도 없어 참 다행입니다.

광적 규율

"총장님 감사요~^^ 금요 취업특강 날이군요!"

오늘 오후 첫 금요취업특강에 강당을 가득 메운 경인의 딸들이 'Thanks Kyung-In Friday'라고 외치는 것만 같습니다. 득천하영재이취업지 군자락야得天下英才而就業之 君子樂也라~. 학생들이 원하는 곳에 100% 취업을 시키는 거, 그게 경인의 '광狂적 규율'입니다.

종합대학이란

　"전문대 총장이시군요."

　관내 기관장 회의에 새로 참석한 분의 질문을 받고 "아뇨, 종합대학에 있습니다."라고 답했습니다. 고개를 갸우뚱하기에 또 대답했습니다. "우리 대학이 2~3년제 대학으로 출발한 건 맞습니다. 그러나 간호과가 이미 4년제 학생을 뽑았고, 전체 29개과 중 10개과는 4년제 학위과정을 따로 운영하고 있습니다.

　그래서 경인여대는 2, 3, 4년제에 학생 5천 명이 다니는 '종합대학'- Kyungin Women's University입니다."

신풍속도

　　면접시험장을 돌아 봤습니다. 만학도로 보이는 분들이 많아 내심 궁금했는데, 딸 아이를 따라온 엄마랍니다. 아빠도 보입니다.

　　"진짜? 웬일이니! 헐!" 옆에 있던 교무처장 왈 "입학식에도 OT에도 따라오는데요~" 또 다른 교수 왈 "요즘은 회사에도 사돈부모의 컴플레인이 들어온대요." 신인류를 케어하는 신풍속도인가 봅니다.

　　세상에 내 원 참. 헐!! 진짜 헐입니다요!

쿵쾅쿵쾅~ 악! 꺄오

한류스타 소녀시대가 떴습니다. EXO도 떴습니다. 경인여대 캠퍼스에 떴습니다. 하루 종일 떴습니다. 뮤직비디오 촬영을 위해 아름다운 캠퍼스를 찾다 보니 경인여대에 떴던 겁니다. 학생들이 떼를 지어 구름처럼 몰려다닙니다. 녀석들이 내는 효과음 제대로였습니다. 쿵쾅쿵쾅 쿵쾅 꺄아아아~악! 꺄오~! 내 방까지 들립니다.

녀석들, 저리도 좋을까? ^^

나이팅게일

"242명의 '경인 나이팅게일'에게 고한다. 촛불처럼 그대의 몸을 태워라. 어둠을 깨고 세상을 밝혀라. 생명에 해로운 일은 절대 하지 말라. 간호를 받는 생명에게 헌신하라. 간호 전문인으로서 자부심을 가져라."

간호학과 나이팅게일 선서식에서의 축사 전문은 이랬습니다.

재능기부

경인여대가 국내에서 가장 권위 있는 교육기부대상을 수상했습니다. 재능기부 등을 통해 교육발전에 기여한 공로를 인정받은 것이죠. 동아리 '웨딩 나누미'도 전국 대학생 봉사활동에서 일등을 했습니다. 모두다 학생들에게 재능기부를 강조한 결과물이라고 생각합니다.

경인여대가 재능기부를 강조하는 이유는 분명합니다. 사람은 여러 가지 재능을 갖게 마련인데, 재능을 사유화해서는 안 된다는 생각입니다. 재능이란 자기만을 위해 쓰는 게 아니라 인류와 사회를 위해 쓰라고 조물주가 내게 준 것이기 때문입니다.

1,000일 케이크

돌잔치, 영어로 락 페스티벌에 1,000일 케이크 ㅋㅎ~^^

보직교수들이 총장취임 두 돌 잔칫상을 차려 주더니, 이번엔 취임 1,000일 케이크랍니다. 돌떡은 수수팥떡 대신 케이크로~ 놋주발 놋대접엔 흰 쌀밥과 미역국이라. 돌잡이 트레이에 놓인 숟가락을 집어 들었으니 잘 먹을 팔자는 찜해놨고.

한 바퀴 두 바퀴 돌았다고 돌이라는데, 이런 돌 잔칫상 받은 사람 있으면 나와 보라고 혀! 아니면 1,000일 케이크 받은 사람 있으면 손들어 봐요~! 유종의 미 거두는 일이 중요하겠구먼요~ㅠㅠ!

교육실명제

경인여대가 여러분을 자랑스럽게 생각하듯 여러분도 경인여대를 자랑스럽게 여겨 주시고, 경인여대가 여러분을 응원하고 후원하듯 여러분도 경인여대를 아끼고 사랑해주세요.

졸업식에서 읽은 식사 중 한 토막입니다. 학위증서에는 또 국내 처음으로 지도교수 이름을 새겼습니다. 졸업생에 대한 무한책임—'교육실명제'를 알리기 위함입니다. 금융서비스과를 희수喜壽(77세)에 졸업하는 만학도가 우레와 같은 박수를 받는 걸 보면서 눈물이 왈칵.

요즘엔 기뻐서 흘리는 눈물이 참 많습니다.

애국자가 되는 길

태국 농카이시 시장과 함께 농카이시 한복판에서 '경인한국어센터' 현판식을 가졌습니다. 이 센터는 한국기업 취업에 필요한 한국어 능력시험 패스를 목표로 한글을 가르칠 계획입니다. 한국 유학을 원하는 학생들과 어린이에게도 우리말 교육을 할 계획인데, 당장 경인여대 지원자 20여 명이 혜택을 받습니다. 한국에 대한 열기가 정말 뜨겁다는 걸 증명합니다. 중국 산동공상대학교에서 해마다 열리는 '경인여대총장배 한국어말하기대회'에서도 똑같은 걸 느낀 터라 한국인으로 태어난 게 자랑스럽습니다. 애국자가 안 될래야 안 될 수가 있겠는겨?

운명이란

"너는 네가 너를 지배할 수 있다!"

2015학년도 공식 집계된 경인의 입시경쟁률(13.6대 1)을 보고 만든 현수막 내용입니다. 이 높은 경쟁률을 뚫고 입학한 인재들에게 '무슨 말이 더 필요하겠느냐' 싶어 만든 슬로건입니다. 자부심을 갖고 스스로를 존경하라는 뜻이죠.

"경인의 딸들아! GE의 전 회장 잭 웰치도 이런 말을 남겼단다. Control your own destiny, someone else will 자기 운명을 자기가 지배하지 못하면 남이 네 운명을 지배한다"

책은 도끼다

'지금 잠을 자면 꿈을 꾸고 지금 공부하면 꿈을 이룬다.'

하버드대학교 도서관에 쓰여 있는 문장입니다. 경인여대 도서관에도 뭔가 써 붙이면 좋겠다는 궁리만 가득할 뿐. 문제는, 그렇고 그런 문구만 생각날 뿐 특별한 아이디어가 없었습니다. 그런데 하나의 후보로 '책은 도끼다'를 쓰면 어떨까? 하는 생각이 떠올랐습니다. "우리가 읽는 책이 우리의 머리를 주먹으로 한 대 쳐서 우리를 잠에서 깨워야 한다."는 뜻으로 체코의 소설가 카프카가 한 말입니다.

그의 저서 『변신』의 머리말에서 "도대체 왜 우리가 책을 읽는 거지?"라고 반문하는 구절이 있습니다. '그래, 우리 학생들에게 '책 100권 읽기 운동'을 강력하게 밀어 붙이려면 이 정도의 의문과 슬로건이 필요할 거야.' 정말 도끼로 머리를 한 대 맞은 느낌이었습니다.

"책이란 무릇 우리 안에 꽁꽁 얼어버린 바다를 깨뜨려 버리는 도끼가 아니면 안 되는 거야."(카프카)

운복열열

취업명문 경인여대가 또 일냈습니다. 간호국가고시 125명 전원 패스, 3년 연속 100%합격. 취업률도 3년 연속 급상승에 전국여대 중 1등을 도맡아 하더니, 겹경사입니다. 학생들의 기십技十과 교수님들의 노십勞十이 이뤄낸 결과입니다.

나요~. 별로 한 게 있어야죠. 그냥 운도 열이고 복도 열이니 '운복열열運福十十'일 뿐이죠. 암튼 신이 납니다. 학생 여러분, 수고했어요! 교수님들, 고맙습니다!

총장 임기 마지막 해, 와 이리 좋노~ ♬ 범사에 감사요~^^

GFL 과정

말레이시아 쿠알라룸푸르에 있는 버자야대학을 방문했습니다. 해외 글로벌 인턴십 중인 우리 학생들을 격려하기 위함이었죠. 학생들이 나름 잘 적응하고 만족하는 것 같아 한시름 놓았습니다.

우리 일행을 맞아 준 이 대학 도미니크 총장이 강조하는 직업중심교육 Vocational education도 제 생각과 똑같아서 좋았는데…. 학생들과 이야기를 나누고 나오는데 별안간 울컥~ㅠㅠ. 시집 보낸 딸을 두고 오는 것 같은 기분? 그래서 언능 작별 인사를 했죠.

"애들아, 지금 여기서 너희들이 하는 고생은 차세대 글로벌 피메일 리더 Global Female Leader로 가는 과~정이란다."

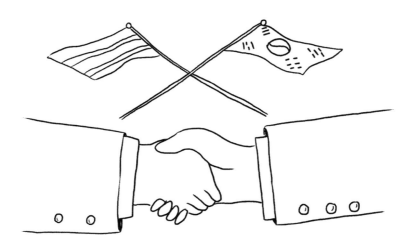

형법에 없는 죄

래리 킹은 미국의 유명한 방송 CNN 대담 사회자입니다. 그가 어렸을 때 야구선수들에게 사인을 받으러 나온 아이들 중에 끼어 있을 때의 이야기입니다.

그는 여느 아이들과 달리 사인해 달라는 말은 안 하고 "아저씨, 왜 오늘 번트를 쳤나요?" 등등 질문만 퍼붓더라는 겁니다. 일찌감치 대담사회자·인터뷰어의 재능을 가지고 있었다는 건데, 교육자는 학생들 나름의 그런 재능을 파악해서 도전·성공시키는 역할을 하는 사람이라고 생각합니다. 재능도 취미도 전혀 없는 쪽으로 아이들을 몰아가는 것은 형법에도 없는 죄를 범하는 셈이죠.

A+야참

오늘은 중간고사 첫 날. 한 밤중에 도서관을 둘러봤습니다. 역시 열공하는 딸들로 꽉 차 있었습니다. 그냥 나올 수가 없었습니다. 야참을 급 주문해서 샌드위치와 주스를 나눠 줬죠~~^^

암튼 경인의 딸들아! 야참까지 줬으니 '힘 내, 슈퍼 파워~!' A+는 따 논 당상이쥐~? ♡

슬로건

똑똑한 학생 – 뛰어난 교수 – 따뜻한 학교

경인여대는 '똑뛰따 대학'입니다. 슬로건도 일종의 작명과정을 거친다는 점에서 '똑뛰따'는 네이밍의 세 가지 요소를 잘 갖췄다고 생각합니다. 먼저 의미요소가 확실하여 전달력이 있습니다. 청각요소 측면에서도 발음상 혼돈 없이 들을 수 있고, 디자인적으로도 한눈에 확 들어오는 당김이 있어 시각요소까지 충족시킨 셈입니다.

과거 파주시장 시절에 썼던 '대한민국 대표도시'나 '파주는 경제다'도 그런 점에서 훌륭한 슬로건이었죠. 그러나 뭐니뭐니 해도 대한민국 최고의 슬로건은 근대화 초기에 썼던 '잘 살아보세'가 아닐까요?

오랜 친구

중국 심양사범대 임군林帮 총장 일행을 맞았습니다. 학술 및 교육 분야 교류 협약을 맺으면서 진나라 시인 갈홍의 싯귀 '志合者 不以山海爲遠지합자 불이산해위원'로 환영했습니다.

뜻이 맞는 사람은 산과 바다로 떨어져 있어도 멀다고 느끼지 않는다는 의미입니다. 임군 총장과 뜻과 목표가 같기 때문에 우리는 서로 오랜 친구나 진배 없습니다. 저녁 식사를 같이 하면서 더욱 더 그랬습니다.

If U rest, U rust!

"If You rest, You rust!머뭇거리지 말라. 시간은 가장 값진 자원이다."

새 학기 개강을 앞두고 학교본관에 내 걸게 한 대형 현수막 내용입니다. 경인여대 학생들이 촌음을 아끼지 말고 공부하면 좋겠다는 마음에서 만든 슬로건입니다. 졸업을 앞둔 학생들의 경우 취업의 결단을 빨리 내리라는 뜻도 담았습니다.

"If You rest, You rust!"는 쉬면 녹슨다는 말입니다. 닳을지언정 녹슬면 안된다는 걸 강조한 것입니다. 현수막을 붙이고 보니 학생들에게 한 말이 곧 내게 한 말이기도 했습니다.

운 존 사나이

일본 출장 중에 뜻하지 않은 낭보가 날아들었습니다. 우리 경인여대가 '최우수 A⁺ 대학'으로 크게 도약했다는 소식입니다. 교육부가 전국 138개 전문대학을 대상으로 실시한 대학구조개혁평가에서 100점 만점에 96.2점을 받았답니다. 이 같은 점수는 수도권 대학 중 2등입니다. 전국 대학 중에서는 다섯 손가락 안에 든 겁니다.

작년 여름 해외출장 땐 특성화대학 선정 소식을 듣더니 올핸 '최우수 A⁺ 혁신대학'으로 펄펄~^^ 가는 곳마다, 하는 것마다 실적과 성과가 나오는 걸 보면 난 정말 '운 좋은 사나이'가 맞습니다. 인복이 많은 덕분이겠죠.

교수님들, 글구 직원 선생님들! 머리를 땅에 박고 감사요~^^

화양연화

　인생에서 가장 아름답고 행복한 때를 '화양연화花樣年華'라고 합니다. 계절로는 춘삼월 호시절 봄날을 말합니다. 교정의 벚꽃나무 아래서 젊음이 팝콘처럼 터져 만개한 경인의 딸들과 함께 했습니다.

　아마도 제 인생의 화양연화를 꼽으라면 지금이 아닐까요? 5천의 예쁜 딸들과 함께하는 지금, 소금이나 황금보다 더 값지다는 지금, 내 인생의 봄날은 ing~입니다.

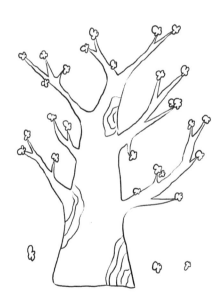

청결이 먼저다

에볼라 바이러스가 1천 명을 죽였다는 뉴스에 이어 메르스로 온 나라가 야단법석인 걸 보면서 '청결이 먼저'임을 확인할 수 있습니다.

인격도 마찬가지입니다. 무엇보다 청결한 마음이 먼저 아닐까요?

매력의 조건

　얼마 전, 한 중앙 일간지에서 매력국가의 조건으로 개방과 다문화를 꼽았습니다. 맞는 말입니다. 미국을 보면 특히 그렇습니다. 매력도시도 마찬가지이고, 매력학교도 똑같습니다.

　경인여대가 글로벌대학을 비전으로 제시하고, 현재 200명 정도인 외국인 학생을 전교생의 10%인 500명 선으로 늘려 나가려는 이유도 그래서입니다. 추석을 앞두고 고국에 돌아가지 못하는 국제교육원의 외국인 학생들을 만났습니다. 점심 식사도 같이 했습니다.

통일나눔바자회

우리의 소원은 통일입니다. 통일을 위해선 나이스한 외교가 필요합니다. 북한 주민들도 깨어있게 해야 합니다. 그 보다 더 중요한 것은 통일에 대한 대한민국 국민들의 의지입니다. 그런데 현실은요? 젊은 세대일수록 통일에 대한 의지가 엷은 게 문제입니다.

그래서 젊은 학생들에게 '통일대박'을 꿈꾸게 하고 '통일 의지'를 심어줘야 합니다. 경인여대가 통일나눔바자회를 연 이유입니다. 경인의 교육지표 중 하나인 민족통일교육을 실천하는 의미도 있구요.

나이 들면 알게 될 거야!

성남 새마을연수원에서 전국대학생해외봉사단WFK 청년봉사단 360명을 대상으로 50분간 특강을 했습니다. 방학을 맞아 동남아 7개국과 탄자니아로 떠나는 학생들에게 한 강의 요지는 세 가지입니다.

첫째, 과거 우리나라가 진 빚을 갚는다는 심정으로. 둘째, 더 나은 인류공동체를 만드는 구성원의 의무를 다하는 자세로. 셋째, 작은 외교를 맡은 문화대사로 행동해 달라는 내용이 핵심이었습니다.

그리고 봉사기간 중 청결 질서 안전을 지킨다면 남을 돕는 과정에서 행복감을 느끼고 정서적 포만감도 만끽할 수 있다는 것을 강조했습니다. 봉사의 여신 오드리 햅번의 말을 빌어 한 마디 더 해 준다면 "야들아 나이 들면 알게 될 거야. 기억해라! 한 손은 너 자신을 돕는 것이고, 다른 한 손은 남을 돕는 손이라는 것을."

굴러가는 콩 튀는 콩

일반조직과 학교는 정말 많이 다릅니다. 기업이나 관청 같은 조직은 조직 전체를 하나로 모을 수 있는 '구체적이고 분명한 목표'가 있게 마련이죠. 그러나 학교는 학생들을 한쪽으로 몰아갈 수가 없습니다. 학생들에겐 각기 적성도 다르고 재능도 다르죠. 학교는 학생들 스스로 그런 걸 찾아가도록 해야 하는 조직이고요. 그래서 학생들에게 여러 가능성을 죄다 열어놔 줘야 한다는 거죠. 일반 직장이 콩을 털어 자루에 넣는 조직이라면, 학교는 자루에 있는 콩을 되레 풀어놓는 조직입니다. 굴러가는 콩도 찾고 튀는 콩도 볼 수 있는 교육이 필요합니다.

알묘조장

넘 더딘 게 교육이 아닐까? 씨를 뿌려 싹을 틔우고, 꽃을 피게 하고, 또 열매가 맺기를 기다려야 하니까 너무 더디고 답답합니다. 그럴 때마다 저는 알묘조장揠苗助長이란 고사성어를 머릿속에 떠 올립니다. 중국 송나라 때, 한 농부가 논에 벼를 심어놓고 빨리 자라지 않으니까 벼 포기를 조금씩 들어 올려놨다고 합니다. 결과는 뻔할 뻔자죠. 벼 뿌리가 들려서 다 죽어 버렸겠죠. 교육도 마찬가지. 아무리 급하더라도 알묘조장, 그거 안됩니다. 그래서 더디고 답답하지만 기다릴 수밖에 없는 게 교육이지 않겠습니까. ㅠ

마땅히 행할 길

경인여대는 무엇보다도 인성교육, 그걸 가장 중요시하려고 합니다. "마땅히 행할 길을 아이에게 가르치라"는 성경말씀 대로, 인성교육은 사람을 만드는 일입니다. 기본에 충실하고 기본을 다지고 기본을 탄탄하게 하는 거구요. 그러려면 자연과 생명의 소중함을 깨닫게 가르쳐야 합니다. 인문학적 소양도 길러줘야 하고요. 봉사도 중요하죠. 더구나 봉사는 우리 학생들이 여성 리더로 가는 과정에 꼭 필요한 것이죠. 리더는 한마디로 역지사지하는 사람인데 봉사가 바로 역지사지하는 일이어서 학생들에게 리더십을 키우고 인성을 키우는 데는 최고죠.

고진 없는 감래

　요즘 학생들은 고진감래^{苦盡甘來} 중 고진은 안하고 감래만 바라는 것 같습니다. 고생 없는 성공을 바라는 풍조, 노력 없이 잘 살겠다는 풍조, 참 큰일이네요 ㅠㅠ. 고진해야 감래한다는 걸 가르치고 깨우쳐 줘야 하는데⋯. 요즘 세태가 참, 그렇네요 ㅠㅠ.

노하우보다 노와이

Know How를 가르치는 것보다 Know Why를 가르쳤으면 합니다. Know How는 제품 설명서처럼 정답을 알려주는 건데, 그렇게 해 가지곤 아이들의 창의성을 기를 수가 없을 테니까요. Know Why를 가르쳐야 Know Where 또는 Know When, 어디서 어느 때 써야 하는지, 상황에 따라서 응용이 가능합니다. 발상전환도 할 수 있죠. 그래서 Know How보다 Know Why입니다.

삼포 청산

각계 원로들이 참여한 새로운 한국을 위한 국민운동이 서울 프레스센터에서 검소한 혼례운동본부를 출범시키고 협약식을 가졌습니다. 협약식에는 종교단체 대학 정부기관 언론사 시민단체 법조계 등이 참여했습니다. 대학은 경인여대와 서울여대가 함께 했습니다.

이 협약에 서명하면서 체면문화Face Culture에 따른 과소비 호화결혼이 자취를 감추고 작은 결혼식이 자리를 잡았으면 하는 바람을 가졌습니다. 또 연애포기 · 결혼포기 · 출산포기 등 삼포시대 청산을 희망합니다. 물론 경인여대부터 작은 결혼식을 응원하겠습니다.

In

경인여대 슬로건중의 하나는 'Believe in Zero'입니다. Believe in Zero는 원래 유니세프의 슬로건이죠. '굶주리는 아이들이 0명이 되는 것을 믿으며 이를 위해 유니세프는 무엇이든지 하겠다'는 뜻입니다. 이를 그대로 벤치마킹하여 '경인여대는 취업을 못하는 졸업생이 한명도 없게 만들 수 있다는 것을 믿으며, 이를 위해 무엇이든지 하겠다'는 게 경인여대의 Believe in Zero입니다. 그냥 Believe Zero가 아니라 in이 들어가 있습니다. 믿는 게 아니라 '신념'에 찬 믿음입니다.

다섯 손가락 사랑

아주 특별한 주례를 섰습니다. 고령 85세 최연소 55세 등 여섯 쌍의 결혼. 때는 2014년 10월 16일 오후 1시. 장소는 경인여대 컨벤션 홀. 웨딩플래너과 학생들이 기획하여 재능기부한 '한센인 합동결혼식'입니다. 특별한 결혼식이라 경인여대유치원생이 축가를 불렀습니다.

주례사도 나름 특별하게 했습니다. 남은여생 '다섯 손가락 사랑'을 하시라는 메시지였습니다. 이야기인즉 엄지로 내 짝이 최고임을 표현하고, 검지로 내 짝을 가리켜 사랑을 표현하고, 중지로 내 짝을 험담하는 자에게 한 방 먹이고, 내 짝의 약지에 반지를 끼워 사랑을 확인하고, 새끼손가락을 걸어 남은여생을 약속하라는 특별함을 담았습니다.

그리고 같은 병을 앓으면서 동병상련同病相憐해오신 신랑 신부님들이어서 딱 한 가지만 말씀드립니다. 중국 원나라 시대 대학자 조맹부의 말처럼 부부는 생시동실生時同室(살아서 한 방을 씀)하고 생후동혈生後同穴(죽어서 한 무덤에 묻힘)하는 관계입니다. 여생 그렇게 일심동체一心同體가 되어 서로 아끼고 서로 돕는 상부상조의 삶으로 행복하시길~^^

나를 필요로 한다면

　　대학에 근무하니까 이런 저런 데서 고문이나 자문위원을 해 달라는 곳이 꽤 많습니다. 대부분 정중히 사양하지만 사양하기 힘들 때도 더러 있습니다. 경인여대가 봉사로 유명해서인지 봉사와 관련한 단체에서 요청이 올 때가 그렇습니다. 사단법인 아시아교류협회의 고문직도 그래서 수락하고 보니 봉사관련 직함이 벌써 여러 개입니다. 한국대학사회봉사협 이사, 책의 도시(인천) 추진위원 등등….

　　하기야 나이가 들어서인지 봉사만큼 값진 일도 없음을 새삼 깨닫습니다. 나를 필요로 하는 곳이 있다는 사실, 그곳에 내가 도움을 줄 수 있다는 사실, 그로 인해 서로가 행복해 진다는 사실 때문입니다. 암튼 방학 때마다 경인여대 해외봉사단을 순회지도하기 위해 중앙아시아로 떠나게 되는 다음 주말 출장이 기다려집니다.

열정

열정적인 사람들을 만날 때마다 느끼는 게 하나 있습니다. 변화 같은 걸 두려워하지 않는 성격입니다. 무언가 배우기 시작하면 빠른 속도로 우상향 성장곡선을 그릴 줄 아는 사람인 것도 분명합니다. 그리고 학습곡선이 점점 수평에 가까워지는 걸 싫어하는 사람? 그래서 '이만하면 됐다, 익숙해졌다' 하는 순간 항상 변화를 시도하고 새로운 것에 도전하는 사람입니다. 나도 그런 '열정적 부류'에 속하는 사람? 대충 맞는 거 같습니다.^^

봉사도 역지사지

몇 년 전, 경인여대해외봉사단이 베트남에서 겪은 일입니다. 더운 나라이 기도 하고 땀을 많이 흘리는 그네들에게 한국에서 준비해간 조그마한 수건을 나누어준 적이 있습니다. 좋아할 줄 알았는데, 반응이 영 신통치 않았습니다. 나중에야 안 일이지만, 베트남에서 수건을 선물하는 것은 '땀 흘리고 고생 많이 하라'는 의미가 담겨 있다고 합니다. 이 사례는 우스갯소리가 아닙니다. 조그마한 선물이라도 그 나라의 풍속까지 잘 살피는 세심한 주의가 필요하다는 뜻을 전하기 위해서입니다.

해외봉사는 외교를 하는 것과 같습니다. 외교는 외무부장관만이 하는 일이 아닙니다. 대통령이 하는 일만도 아닙니다. 우리나라 국민 한 사람 한 사람이 해외에 나가 국적을 생각하고 행동하는 것이 상대국을 배려하고 나누고 베푸는 일입니다. 그것이 외교이며 봉사입니다. 결국 봉사도 자신의 기준이 아닌 상대의 입장에서 역지사지해야 지나치거나 부끄러움을 면할 수 있습니다.

중산층의 기준

우리나라 중산층의 기준은 온통 돈으로 휘감은 장엄한 기둥들이 즐비합니다. 아파트가 몇 평 이상, 월 소득이 얼마, 중형차는 기본. 이 모든 것을 갖추고도 예금이 1억 원 이상 있어야 하고, 해외여행도 자유롭게 다녀야 한답니다.

그러나 선진국인 프랑스 영국 미국을 보면 돈하고 관계한 것은 거의 없고, 이들 나라 중산층의 공통적 기준은 봉사입니다. 봉사를 해야 중산층 자격이 있다는 말입니다.

세답족백

봉사란, 대가 없이 베푸는 일입니다. 불경에 써 있는 대로 베풀되 베푼다는 생각조차 하지 않는 것입니다. 봉사는 돌봄을 받는 사람뿐만 아니라 봉사하는 자신도 행복을 느끼게 마련입니다. 남에게 베푼 것보다 더 많이 돌아오는 것이 봉사의 매력이기도 합니다.

하버드대학에서 의대생들을 대상으로 조사한 통계를 보면, 봉사활동에 참여한 학생들이 그렇지 않은 학생들보다 면역기능이 크게 증강했다는 보고도 있습니다. 남의 빨래를 해 주면 내 손이 더 깨끗해진다는 세답족백洗踏足白 그대로입니다. 봉사란 나누고 베푸는 것보다 더 많은 것이 돌아오고 쌓여가는 만기 없는 저축이라 할 수 있습니다.

나비여행

　　나비여행은 나의 꿈입니다. 장자가 나비가 되는 호접몽^{胡蝶夢}같은 꿈이 아닙니다. 함께 하는 세상에 대한 꿈입니다. 나비여행은 나누고 비우면 여러 사람이 행복하다는 것입니다. 나를 비우면 여생이 행복하다는 말이기도 합니다. 인류사회의 발전을 위해 가지고 있는 재능과 지식과 경험을 다 쏟아내 비우는 것도 나비여행이라 할 수 있습니다.

　　암튼 가진 것을 함께 나누고 과^過소유를 덜어내 비운다면 더 많은 사람들이 행복할 수 있겠죠.

헬퍼스 하이

마라토너들은 말합니다. "42km를 뛰고 나면 피곤이 가시면서 오히려 새 힘이 솟고 때론 황홀감까지 맛 볼 때가 있다."고요. 이처럼 격한 운동 뒤에 느끼는 몸의 상태를 러너스 하이Runner's High라고 합니다. 근데 헬퍼스 하이Helper's High도 있습니다. 나눔과 봉사활동 뒤에 느끼는 즐거움과 행복감, 정서적 포만감을 말합니다.

이렇게 보면 남을 위해 투자하는 시간과 노력이 나를 위한 것이기도 하죠. 각박한 세상일수록 헬퍼스 하이를 느끼는 사람이 많아지면 좋겠습니다.

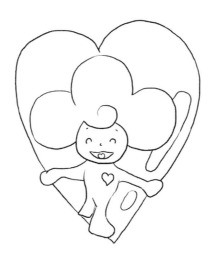

레드 테이프

　　우리의 서류 문화는 관료제적 형식주의·문서주의에 파묻혀 사는 것 같습니다. 한마디로 '레드 테이프'가 지나치게 많습니다. 미주알고주알 다 써 놓은 회의 자료도 그렇고, 팀장이나 실·처장 전결로 충분할 만한 결재서류가 기관장의 결재를 기다리는 것도 그렇습니다. 사실, 모든 조직의 기관장 인수인계는 기구조직과 업무분장, 사람, 그리고 돈이 전부입니다. 이 세 가지 현안 과제만 인수하고 인계 받으면 되는데….

　　책임 의식이 부족하거나 최종결정에 대한 책임을 지지 않으려는 풍토, 지시받은 것만 수동적으로 하는 나태한 풍토는 소명의식의 부재에서 오는 것이겠죠.

정답은 다 아는데

　리더는 건강한 긴장감과 창조적 마찰을 불러일으키는 사람이라고 믿습니다. 총장도 그래야 한다고 봅니다. 그리고 총장의 임무는 답을 푸는데 있지 않다고 생각합니다. 총장의 임무는 물음을 던지는 겁니다. 왜냐하면 경인의 교수님들 한 사람 한 사람이 정답을 다 알고 있다고 보기 때문입니다. 다만, 정답을 정답이라고 말 할 용기가 없어서 말을 하지 않을 뿐이라고 생각합니다.

　앞으로 총장으로서 교수님들께 정말 많이 묻겠습니다. 질문이 최고의 아첨이라는 말이 맞는다면 최고의 아첨꾼이 되겠습니다. 교수님들께서도 예스와 노우를 분명히 답해 주기를 바랍니다. 또 총장이 잘못하는 일이 있으면 따끔하게 말 해주십시오. 서로 계급장 떼고 말하자며 덤벼들어도 좋구여.

경영의 세 가지 원칙

기업이나 학교나 경영의 원칙은 세 가지입니다.

첫째, 낭비를 없애는 일입니다. 낭비를 없애려면 예산을 내 돈 같이 쓰면 됩니다. 우리 집에서 쓰는 것처럼 쓴다는 뜻입니다. 우리 집에선 그렇게 함부로 돈을 쓰지 않겠다는 생각이 들면, 학교나 기업의 예산도 그런 곳엔 절대로 써서는 안 되는 일입니다. 다만, 절약이 지나쳐 경쟁력을 훼손시키지는 않아야 합니다. 돈은 원칙대로 쓰는 겁니다.

둘째, 무리하지 않는 겁니다. 무리하지 않는다는 것은 도리와 순리를 따르는 일입니다. 순리를 따르지 않으면 도덕적 흠결을 만드는 게 뻔한 일입니다. 윤리경영 투명경영의 측면에서 발목을 잡히면 아무것도 할 수가 없는 세상입니다.

셋째는 균질입니다. 일을 통해 내놓는 성과는 고르게 나타나야 합니다. 부서별로 나타내는 성과의 격차가 지나치게 커서는 곤란합니다. 다른 모든 부서가 잘 하는데 유독 한 부서가 문제를 일으키고 말썽을 피우면 전체가 욕을 먹습니다.

아름다운 별

아침이 오지 않는 밤은 없습니다. 칠흑 같이 어두운 밤이라 하더라도 새벽이 온다는 믿음을 가지고 '즉시, 반드시, 될 때까지' 해야 합니다. 솔선수범이라는 사은품에 꿈과 희망을 세일즈할 각오가 돼 있어야 합니다.

인간관계도 영업 전략과 다르지 않습니다. 고객의 입장에서 생각하고 행동하면 그만입니다. 간혹 매너가 나쁜 고객도 있습니다. 그러나 나쁜 고객도 우리의 삶에 교훈을 주는 아름다운 별입니다. 인간관계의 경쟁력은 신뢰와 미소입니다. 미소가 전략이고 기술이고 마케팅이고 영업이고 광고이며 홍보입니다.

아름다운 별을 향한 솔선수범이란 사은품, 괜찮죠?^^

저자 **류화선**柳和善**은** 1948년 경기도 파주에서 태어났습니다. 고향에서 초등학교를 졸업하고 양정 중·고등학교와 서울대학교 문리과대학 사회학과를 나왔습니다. ROTC 포병장교로 군 생활을 마치고, 1974년 삼성그룹 故 이병철 회장 비서실 근무로 사회에 첫발을 내딛고 비서실 과장, 삼성전자 부장 등을 하며 10여 년간 삼성에 몸을 담았습니다.

저자는 1986년 마흔이 가까운 나이에 한국경제신문사 평기자로 변신합니다. 늦깎이 신문기자로 전직했으나 일반의 우려와 예상을 뒤엎고 '신문기자의 꽃'이라는 편집국장에 오릅니다. 이어 논설위원과 편집이사를 역임합니다. 언론인의 바쁜 삶 속에서 서강대학교 경영대학원에서 학구열을 지피고, 일본 히토쓰바시대학 상학부에서 2년간 초빙연구원 생활을 합니다. 한국생산성본부 자문위원으로 활약하고, 경기대학교에서 겸임교수로 국제경영론과 경영전략론을 강의했습니다.

늦깎이 2000년 케이블 방송업계 CEO로 자리를 옮깁니다. 당시 부실기업인 한국경제TV를 초우량 기업으로 탈바꿈시켜 취임 3년 만에 증권시장에 상장시키는 경영능력을 발휘합니다. 이 기간 중 서울그린트러스트 자문위원과 한국CEO포럼, 관훈클럽 회원으로 활동하고 대우증권과 스카이라이프 사외이사를 역임했습니다.

저자는 2004년 고향인 파주시 보궐선거와 2006년 지방선거에서 당선돼 제 4－5대 민선 파주시장으로 지방행정의 수범垂範을 보입니다. 특히 민원처리기간 단축과 규제개혁, 기초질서확립 그리고 속도행정 및 윤리행정 부문에서 전무후무한 발자취를 남깁니다. 이에 따라 접경지역 파주를 대한민국에서 가장 주목받는 도시로 만든 행정 혁신가로 알려지게 됩니다. 시정을 이끌면서 대통령 직속 국가균형발전위원으로도 참여했습니다.

저자는 지방행정 혁신의 공로를 인정받아 수 많은 기관 표창 외에 개인적으로도 '자랑스러운 한국인 대상'과 '한국지방자치 최고경영자상' '존경받는 CEO 대상' 등 크고 작은 상을 많이 수상했습니다. 전국의 시장·군수·구청장으로

부터 '가장 일 잘하는 시장'으로 이태 연속 뽑히는 등 언론의 조명을 받고 건국
대학교로 부터 명예 행정학 박사학위를 수여 받았습니다.

저자는 2011년부터 1년 5개월의 짧은 기간 동안 공기업인 그랜드코리아레저
(GKL) 대표이사 사장을 역임하면서도 각종 제도를 개혁하고 투명경영을 실시
하여 경영혁신가로서의 면모를 보여 줬습니다. 경영실적면에서도 GKL을 시가
총액기준 코스피상장 100대 기업으로 성장시켰습니다.

저자는 2013년 1월 경인여자대학교 총장에 취임해 2, 3년제 학제를 2, 3, 4년제
로 다양화시키고 실사구시의 교육을 강력하게 추진했습니다. 그 결과 취업률
과 입시경쟁률 면에서 경인여대를 전국의 여자대학 가운데 부동의 1위에 올려
놨습니다. 뿐만 아니라 경인여대가 전국 여자대학 유일의 특성화대학으로 선
정됨으로써 향후 5년 동안, 정부로부터 매년 38억 원의 국고지원을 받는 학교
로 성장시켰습니다. 또 교육부가 실시한 '2015 대학구조개혁평가'에서 96.2점
을 받아 경인여대를 전국 138개 대학 가운데 최상위 등급 A+에 올리는 등 최고
의 명문 여자대학으로 발돋움시켰습니다.

1948년 경기 파주 출생
심학초등학교, 양정중고등학교 졸업
서울대학교 문리과대학 사회학과 졸업
서강대학교 경영대학원 마케팅 졸업
건국대학교 명예 행정학박사

육군 중위 전역(ROTC 10기) | 삼성그룹 이병철 회장 비서실 사원, 과
장 | 삼성전자 마케팅부장, 전략기획부장 | 한국경제신문사 경제부
장, 산업부장 | 한국경제신문사 편집국장, 논설위원, 이사 | 한국생
산성본부 자문위원, 민주평통자문위원 | 일본 히토쓰바시대학 상학
부 초빙연구원 | 경기대학교 경영학부 겸임교수 | 한국경제TV 대
표이사 사장 | 서울그린트러스트 자문위원 | Sky Life 사외이사 |
대우증권 사외이사 | 제4·5대 민선 파주시장 | 대통령 직속 국가균
형발전위 위원 | 그랜드코리아레저 대표이사 사장 | 경인여자대학
교 총장 | 사단법인 아시아교류협회 고문 | 대학봉사협의회 이사 |
ROTC 통일정신문화원 자문위원 | 인천시 세계책의수도 추진위
원 | 사단법인 영토지킴이 독도사랑회 고문

저서 『얼굴없는 회사인간』 『한국의 경제관료』 『시민주의 행정 1·2』 『우리는 할 수 있습니다』 『브런치 레터』
역서 『일본기업의 야망 상·하』 『메가컴피티션 경영』 『신국제경제의 논리』
수상 자랑스런 한국인 대상 | 존경받는 CEO 대상 | 가장 일 잘하는 단체장 선정 | 한국지방자치 최고경영자상

브런치레터
ⓒ2015류화선

초판인쇄 _ 2015년 12월 18일

초판발행 _ 2015년 12월 24일

초판 2쇄 _ 2016년 1월 29일

지은이 _ 류화선

편집인 _ 하현숙

발행인 _ 홍순창

발행처 _ 토담미디어

서울 종로구 돈화문로 94, 302(와룡동, 동원빌딩)

전화 02-2271-3335

팩스 0505-365-7845

출판등록 제2-3835호(2003년 8월 23일)

홈페이지 www.todammedia.com

ISBN 979-11-86129-46-3

알베르 카뮈 —태양과 청춘의 찬가

김영래 엮음 13,000원

문화체육관광부 우수문예도서 선정
'부조리와 반항의 작가' 카뮈 입문서

태양과 청춘에 대한 그 오래되고도 신선한 찬가를 노래했던 카뮈는 1913년 알제리에서 태어나, 가난과 질병, 그리고 빛과 바다의 무분별한 축복 속에서 어린 시절과 청춘기를 보낸다.
그림자 없는 빛이란 이 세상에 존재하지 않는다는 사실을 일찍부터 깨달았던 그는, 또한 세계란 동쪽 저 끝에서 손뼉을 치면 서쪽 저 끝에서 메아리가 울린다는 사실 역시 잘 알고 있었다.

김영래는 2000년 제5회 〈문학동네〉 소설상에 『숲의 왕』이 당선되면서 본격적인 생태문학의 길을 개척하고 있다. 장편소설 『씨앗』 『오아후오오』 『떠나기 좋은 시간이야, 페르귄트』, 중편소설집 『푸른수염의 성』, 나무와 숲에 관한 신화 에세이 『편도나무야, 나에게 신에 대해 이야기해다오』, 시집 『하늘이 담긴 손』 『두 별 사이에서 노래함』 『사순절』이 있다.

시가 있는 에세이

사랑은 언제나 서툴다

나태주 지음 13,000원

한 편의 아름다운 시로 태어나는
노 시인의 유리처럼 맑고 투명한 사랑

사진기 앞에서 작은 눈을 크게 보이려고 억지로 크게 뜨고 있는 슬이가 더 귀여웠다.
귀에는 나비모양의 황금빛 귀걸이가 긴 줄에 매달려 팔랑거리고 있었다.
마치 그 나비모양의 귀걸이가 슬이처럼 귀엽고 사랑스러웠다고나 할까. 너무나도 안쓰러운 저 아이. 아, 저 귀여운 아이.
저 아이를 나는 어쩌면 좋단 말인가!

나태주는 1971년, 〈서울신문〉 신춘문예에 시가 당선되어 시인이 되었다. 그동안 시골에서 살면서 시를 쓰는 사람인 것과 초등학교 교사를 하는 것과 자동차 없이 자전거 타고 다니는 것을 나름대로 자랑삼아 말했는데 2007년도 초등학교 교직에서 물러났으므로 이제는 그 가운데 하나가 없어졌다고 생각하는 사람이다. 현재 공주문화원장으로 일하고 있다.